dt
premi

Jochen Schmidt

Seine großen Erfolge

Deutscher Taschenbuch Verlag

Von Jochen Schmidt
ist im Deutschen Taschenbuch Verlag erschienen:
Triumphgemüse (13007)

Originalausgabe
Mai 2003

www.dtv.de
Umschlagkonzept: Balk & Brumshagen
Umschlaggestaltung: Cahterine Collin
unter Verwendung von Fotografien von
© Darama/CORBIS sowie © Donna Ray/CORBIS
Satz: Fotosatz Reinhard Amann, Aichstetten
Gesetzt aus der Aldus 10,5/12,75˙ (QuarkXPress)
Druck und Bindung: Kösel, Kempten
Gedruckt auf säurefreiem, chlorfrei gebleichtem Papier
Printed in Germany · ISBN 3-423-24354-6

Inhalt

Punker sein trotz Fassonschnitt

Zugabe

Vorwort

Schätzchen, laß es krachen
Tocotronic

Normalerweise führt man nach Lesungen nur seelisch belastende Gespräche. Während die hübschen Mädchen eines nach dem anderen von ihren Freunden abgeholt werden, halten einen die zweifelhaftesten Personen fest. Sie überreichen einem dicke Mappen mit den Gedichten ihrer Kinder, sie belehren einen, daß Bananen im Kühlschrank gar nicht verschimmeln, man also eben nicht die Wahrheit geschrieben habe, oder sie sagen: »Ich bin nur wegen Ihnen hier!«, mit starrem Blick und einer so eigenartigen Betonung, daß man Angst bekommt. Manchmal wird man auch gefragt: »Kann man die Geschichte irgendwo nachlesen?« »Welche denn?« »Na, die, wo Sie den ganzen Tag nur im Bett liegen und von oben wie ein Hakenkreuz aussehen.«

Es gab für mich immer eine klare Trennung: Texte, die man zum Spaß, und Texte, die man für die Veröffentlichung schreibt. Die Vorlesetexte durften sich vor jeder Lesung verändern, selbst beim Lesen mußte ich mich nicht an das Gedruckte halten. Das ist wie der Unterschied zwischen Urlaub am Meer und dem Aufenthalt im Schiffsbauch einer Sklavengaleere, ausgepeitscht von den Wächtern über Orthographie und Grammatik, jahrelang kein frisches Lüftchen, nur die Ausdünstungen der anderen mitrudernden Autoren. Ich hätte den Teufel getan, mir meine Freiheit nehmen zu lassen.

Andererseits, wenn ich mir die Aufnahmen so anhöre: an meiner Stimme oder gar meinem Auftreten kann es nicht gelegen haben, wenn gelacht wurde. Und wenn das so ist, kann man beides eigentlich auch weglassen. Außerdem kann ich mich nie entscheiden, was ich am Abend lesen soll. Deshalb muß ich neben Rasierapparat,

Schlafanzug und Nageletui auch noch eine Kiste mit Papieren mitschleppen. Den ganzen Nachmittag verbringe ich dann im Hotel und breite alles auf dem Bett aus. Wenn man nur wüßte, was ihnen gefallen wird. Und dann die vielen Versionen, alles ist dreimal da. Warum nicht einfach mal ein paar Sachen zusammenstellen, um sie in einem handlichen Bändchen spazierentragen zu können? Durchstreichen könnte ich dann ja immer noch alles.

Aus dem Wunsch, mein Reisegepäck zu reduzieren, ist dieses Buch entstanden. Leider kann man sich damit nicht rasieren.

Stimmlippenknötchen

Stimmlippenknötchen

An die verschiedenen Sprachstörungen, die ein Kind durchmacht, bis es sich artikulatorisch zur Verständlichkeit hochgearbeitet hat, kann ich mich noch gut erinnern. Wegen eines leichten Hangs zum Lispeln mußte ich wochenlang »Susi sei leise. Sausewind!« sagen. Ich verstand nicht, worum es dabei ging. Und weil ich zwei ältere Geschwister hatte und wir früh aufgehört hatten, nacheinander zu reden, mußte ich schreien, um mich überhaupt zu hören bei Tisch. Deshalb kam ich schon mit vier Jahren in den Stimmbruch, was als unnormal angesehen wurde. Ich mußte für eine unendlich lange Zeit ins Krankenhaus, ich habe die Tage nicht gezählt, es muß eine Woche gewesen sein. Man operierte mir die Stimmlippenknötchen weg und, wie der Doktor meinte, »die Mandeln gleich mit«.

Es gab hier drinnen dasselbe zu essen wie in den folgenden 14 Jahren da draußen: Gummikartoffeln, an denen gehärteter Schaum klebte, der wie Kaugummireste aussah, Bratensauce mit Fleischknorpelgulasch, Bayrisch Kraut und zum Nachtisch geriebene Möhren oder an Feiertagen Schokopudding mit Vanillesauce in viereckigen Plasteschälchen. Da wir das alles selbstverständlich nicht essen wollten, versuchten wir es in den Ausguß zu stopfen. Besonders bei den geriebenen Möhren dauerte das ewig.

Um uns aufzuheitern, kam manchmal ein Mann im gestreiften Schlafanzug ins Zimmer und zauberte ein 20-Pfennig-Stück weg, indem er es vor unseren Augen in seinen Ärmel fallen ließ. Er war ein kranker Zauberer, der eine Binde um den Kopf trug. Seine Tricks klappten nur noch bei Kindern, und er hatte sich beim Üben sein ganzes Geld weggezaubert.

Die nächsten Jahre über versuchte man mir erfolglos das Schreien abzugewöhnen. Das konnte nicht gehen, wir waren einfach zu viele in der Wohnung. Die Stimmlippenknötchen bildeten sich von neuem. Mein Vater hoffte, daß ich über die richtige Art zu singen auch die richtige Art zu sprechen für mich entdecken würde. Er versuchte, mir die Tonleiter beizubringen. Ich sang für ihn: »C-d-e-f-g-a-h-c«, aber es stellte ihn nicht zufrieden. Daß es um die Tonhöhe und nicht die Lautstärke ging, verstand ich gar nicht. Ich kannte nur eine Tonhöhe, so zwischen C und D. Überhaupt, was hatten Buchstaben mit Singen zu tun? Und warum gerade diese? Warum hieß es nicht »R-q-w-p-k-z-l«?

Dann kam ich in die Schule, und hier erwartete mich eine völlig neue Folter, der Musikunterricht. Solange wir gemeinsam sangen, drohte keine Gefahr, ich bewegte einfach nur die Lippen. Wenn die Lehrerin herumging und mißtrauisch an unseren Mündern lauschte, krächzte ich kurz mit, dann verschwand sie schnell wieder. Aber eines Tages kam es zur ersten Leistungskontrolle. Ich erinnere mich noch an das Lied: »Um das Haus ringsumher reiten junge Reiheiter/ Weil ich arm aber bin, reiten alle weiheiter.« Zuerst waren die Mädchen dran. Wenn man sie sah, wußte man, warum die Reiter in Wirklichkeit weiterritten. Dann war die Reihe an uns. Die Lehrerin ging mit dem Finger die Namen im Klassenbuch durch: »Bergmann, Lehmann, Sch ... Schulz.« Ich atmete auf. »Was? Mirko ist krank? Na, dann muß ein anderer.« Sie ging mit dem Finger wieder zurück. Ich hielt die Luft an. »Schmidt.« Verdammt! Ich war doch christlich und die in der Partei! Und sie sah auch noch so aus! Warum hielt Gott sie dann nicht auf? Ich mußte mich vor die Klasse stellen, die sich freute wie auf eine Kinderrevuevorstellung. Dann krächzte ich, so gut ich konnte, und wurde dafür auch noch bestraft. Danach sagte ich erst einmal ein paar Jahre nichts mehr.

Jeder Tag, an dem Musik auf dem Stundenplan stand, teilte sich in ein qualvolles Davor und ein befreites, jubilierendes Danach. Doch eines Tages kam die Rettung. Aus irgendeinem Grund erinnerte sich meine Mutter an meine Stimmlippenknötchen. Sie verschaffte mir einen Termin im Klinikum Buch, in der Phoniatrie. Das klang gut, niemand hatte je so ein Wort gehört. Der Wartesaal lag neben der Schielabteilung. Dutzende schielender Kinder sahen mich neugierig an. Sie hatten die Augen mit bunten Pflastern verklebt und blätterten in den abgegriffenen Kinderbüchern, die hier seit dem Krieg auslagen.

Die Ärztin zog mir mit einer Stahlzange die Zunge raus, und sah tief in meinen Hals hinab. Dabei sollte ich, solange es ging, einen

Ton halten. Danach sollte ich aus einer Geschichte vorlesen, während sie an einem Gerät drehte, das so ähnlich fiepte wie dieser geheimnisvolle Radiosender am unteren Ende der Skala. Ich las: »Im Sommer füllt sich der Wald mit Leben. Summ Summ, die Biene ist da, sie fliegt von Blüte zu Blüte. Das Reh huscht über die Lichtung und sucht nach frischen Beeren. Da kommt ...«

»Gut, das reicht«, sagte die Ärztin. Sie sah mich besorgt an: »Jochen, du hast wieder beim Fußball geschrien, oder?«

»Gar nicht!« rief ich empört, aus Angst, sie würden mir das Fußballspielen verbieten.

»Na ja, ich glaube, wir müssen mit dir ein bißchen Sprecherziehung machen, du machst ja den Mund gar nicht richtig auf. Und Singen geht vorerst auch nicht.«

»Singen?«

»Du bekommst ein Attest.« Ich hätte sie umarmen können, meine Ärztin! Ich bekam ein Attest, es war zwar sehr unleserlich, aber dadurch nur noch unanfechtbarer.

In den nächsten Jahren besuchte ich alle zwei Wochen die Spracherziehung. Ein schwarzhaariges Mädchen mit weißem Kittel machte mir die Übungen vor und sah mir dabei tief in die Augen. Ich war so fasziniert von diesem Vorgang, daß ich fast zu sprechen vergaß. Das Mädchen zeigte mir, wie es ging: »Nähen, nahen nohen, näht, Naht, Not.« So weit, so gut, aber jetzt wurde es lächerlich: »Mjammjammjam, mjemmjemmjem, mjimmjimmjim.« Ich sollte genau ihre Lippen beobachten und ihr nachsprechen. Wir schmatzten, was das Zeug hielt. Dann kam die Krönung, sie ließ die Zungenspitze wie einen Glockenklöppel klingeln: »Lingelingelingeling ...« Sie konnte das so schnell, daß man die Zungenspitze gar nicht mehr sah. Ich meinte, wirklich ein Läuten zu hören. Meine Zunge dagegen wirkte wie gelähmt: »Lingelingeling ...« Aber ich konnte das ja zu Hause üben. So hatte ich wenigstens etwas zu tun, wenn ich aus Langeweile stundenlang das Testbild betrachtete. Aber immer, wenn die nächste Untersuchung kam, schrie ich vorher beim Fußball, soviel es ging. Natürlich machte ich damit meinem Mädchen Kummer, sie sollte ja eigentlich Erfolge vorweisen. Aber ich hatte keine Wahl, es ging um mein Leben, ich brauchte eine neue Singbefreiung.

Daß meine Stimme tiefer wurde, war normal. Aber die Knötchen wurde ich nicht los. Immer, wenn ich im Lauf der Jahre die Geschichte lesen mußte: »Im Sommer füllt sich der Wald mit Leben. Summ summ, die Biene ist da, sie fliegt von Blüte zu Blüte. Das Reh huscht über die Lichtung und sucht nach frischen Beeren. Da kommt …«, unterbrach mich die Ärztin. Die Geschichte war mir Jahr für Jahr peinlicher. Dennoch versuchte ich jedesmal, schneller zu lesen, um endlich zu erfahren, wer denn da in den Wald kam. Aber sie ließen mich nicht, es schien ihnen völlig egal zu sein. Ich bekam mein Attest und genoß damit im Musikunterricht Immunität.

Nur einmal fiel ich rein, da sollte ich plötzlich von »Das Lieben bringt groß' Freud, das wissen alle Leut« wenigstens den Text aufsagen. Den hatte ich natürlich nicht gelernt. Ich lehnte diese Propagandasongs ab.

Mein Attest behielt ich bis zum Ende der Schulzeit, und es kam sogar ein neues dazu: die Befreiung vom Essen von Hülsenfrüchten. Wie ich es angestellt habe, die zu bekommen, erzähle ich ein andermal. Nur soviel: Es hatte mit Kotzen zu tun.

Schlaf kommt möglicherweise von schlaff

Dienstag nachmittag, Zeit, mich mal wieder hinzulegen, so schoß es mir eben noch durch den Kopf, und jetzt liege ich schon auf meinem Bett und versuche meinen Körper in die ideale Position zu bringen. Das ist nicht so einfach, wie es klingt, mein Körper reagiert sehr empfindlich. Es müssen an jedem Punkt die gleichen Druckverhältnisse herrschen, kein Muskel darf angespannt sein, vorher verweigert er sich dem Schlaf. Eigentlich müßte man es »schweben« und nicht »liegen« nennen. Irgendwas stört noch. Der Kopf ist okay, nicht zu hoch, nicht zu tief, das kleine Zusatzkopfkissen bewährt sich mal wieder. Was stört denn da bloß noch? Ach so hier, die rechte Hand, liegt genau auf dem Bauch, schwer wie ein Elefant. Ein Glück, da hätte ich im Schlaf ersticken können. Ich lege sie lieber hinter den Kopf. Das kann ich, weil sie über einen ausgeklügelten Mechanismus mit meiner Schulter verbunden ist und ich sie fast nach Belieben hin und her manipulieren kann. Jetzt liegt sie also hinter dem Kopf, halb geöffnet, halb geschlossen, völlig entspannt. Wenn man seine Hand entspannt, formt sie sich zu einem lockeren Bällchen, mit den Jahren wird das Bällchen immer kleiner und fester, bis es hart und vertrocknet ist wie eine Billardkugel, aber bei mir ist es noch ein Bällchen. Irgendwas stört immer noch, mehr unterbewußt. Huch, kann das sein, daß ich von oben wie ein Hakenkreuz aussehe? So ein Schreck, jetzt bin ich aber hellwach. Das war knapp. An Schlaf ist jetzt wohl nicht mehr zu denken. Es ist auch eigentlich sehr laut hier für ein Schlafzimmer. Die Nachbarn klappern mit ihrem Besteck, es gibt bestimmt wieder Sauerbraten. Dann riecht der ganze Hof wochenlang nach Sauerbraten. Und die schmatzen immer so laut. Bei dem einen kann man sogar hören, wie ihm das Wasser im Mund zusammenläuft. Aber immer noch besser als der junge Mann, der über mir wohnt und es jeden Morgen Punkt zehn mit seiner Freundin treibt, das klingt wie ein Tennismatch. Er kriegt einfach keinen Orgasmus, da kann sie stöhnen, wie sie will, das hört man doch von hier, daß sie längst keine Lust mehr hat. Er aber auch nicht. Wahrscheinlich machen die das nur nach, weil sie es im Fernsehen gesehen haben.

Hups, jetzt war ich ja doch fast eingeschlafen, aber genau da ist mir diese Fliege bis vor die Nase geflogen, hat gerade noch abgebremst und ist zurückgeflogen. Für eine Fliege gibt es natürlich im Grunde kein hier und dort. Das erinnert mich an die Motte von gestern abend. Da lag ich auch schon hier. Die flog so aufreizend vor mir herum, daß ich sie gefangen habe. Dann kam die nächste, dann kam die nächste, dann kam die nächste, insgesamt sechs Mal kam die nächste, immer eine nach der andern. Dafür gibt es keine rationale Erklärung, es sei denn, die Motte ist eine Art Jesus. So was wird auch in keiner der vielen Tiersendungen erklärt, in denen die Eule der Maus den Kopf abbeißt und dabei vom Eulenmännchen begattet wird, ohne daß sie die Maus aus dem Schnabel fallen läßt. Die machen das wenigstens ohne Geräusche, und es dient, wie der Sprecher sagt, »der Festigung ihrer Bindung«. Ob mein Nachbar seiner Freundin auch in den Nacken beißt? Und sie in eine Stoffmaus? Oder in seine Hand? Das würde zumindest das Stöhnen erklären. Wenn sie fertig sind, hoppelt die Frau die Treppe runter, und er dreht seinen Techno auf. Und wenn sie vom Schrippenholen zurück ist, unterhalten sie sich so laut, daß ich jedes Wort fast verstehe. Ich verstehe nicht, wie man laut reden kann, wenn man gerade mittels Sex seine Bindung gefestigt hat. Dann müßte man doch eigentlich ganz leise sein vor Dankbarkeit. Hups, jetzt ist die Fliege schon wieder hier gewesen, die fliegt mir noch in den Mund, wenn sie nicht aufpaßt. Vielleicht sollte ich ihn lieber zumachen, aber dann kann ich nicht einschlafen, ich muß immer ein bißchen ins Kopfkissen sabbern beim Einschlafen. Das Kopfkissen muß angenehm feucht sein von der Spucke, es darf auch nicht gewaschen werden. Allerdings könnte ich es mal wieder umdrehen, es ist schon wieder ganz warm von meinem Gesicht.

Die Fliege ist bestimmt ein Roboter, der für den Geheimdienst arbeitet und meine Reaktion auf Fliegen ausspioniert. So, jetzt ist sie weg, und ich lege den Arm wieder runter, dagegen kann man nichts sagen, auch wenn ich jetzt wie ein Peace-Zeichen aussehe. Schnell noch mal am Bein kratzen und dann aber einschlafen. Warum piekt das denn da jetzt? Und jetzt an der Schulter. Und jetzt juckt die Nase von der Wolldecke. Sitzt da jedesmal eine Hausstaubmilbe und bohrt sich in meine Haut rein? Das muß sie ja ganz schön aus dem Konzept bringen, wenn ich mich da kratze, wo sie sitzt. Wahrscheinlich erholt sie sich nie wieder von dem Schreck. Wahrscheinlich leben Millionen dieser Monster in meiner Matratze und machen einen ohrenbetäubenden Lärm, den nur Franz von Assisi hören könnte. Aber wenn ich mit ihnen sprechen könnte, ich wüßte gar nicht, was ich sagen sollte. Wenn ich die einmalige Gelegenheit hätte, etwas zu einer Hausstaubmilbe zu sagen, einmal in der Geschichte der Menschheit, würde ich total versagen, weil ich gar nicht darauf vorbereitet bin. Trotz Studiums und täglicher Zeitungslektüre. Dabei könnte es durchaus sein, daß die Hausstaubmilben Außerirdische sind, wer sagt denn, daß die so groß sein müssen wie wir? Vielleicht leben die ja schon länger auf der Erde als wir und sind in dem Sinne gar keine Außerirdischen. Sie sammeln unsere Hautschuppen und studieren unsere Haufen, die sie für unsere Nachkommen halten. Und irgendwann fliegen sie zurück mit den ganzen Hautschuppen und bauen sich daraus einen Menschen für ihr außerirdisches Naturkundemuseum.

Bin ich jetzt eigentlich schon eingeschlafen? Ich muß mich langsam ranhalten, ich habe heute noch so viel zu tun.

Im Liegen sieht man wirklich viel klarer. Wer ist eigentlich damals auf die bescheuerte Idee gekommen, aufrecht zu gehen? Man hätte doch einfach liegenbleiben können. Das hat bestimmt wieder was mit der Sexualität zu tun. Sonst könnten wir jetzt tauchen oder fliegen, aber unsere Sexualität hat uns gezwungen, aufrecht zu gehen, wir wissen nur nicht, was noch mal der Vorteil an der Sache war. Das hat der Urmensch, der als erster aufrecht gegangen ist, ganz vergessen zu erwähnen. Aber es muß irgendeinen Grund gegeben haben für ihn, nicht statt dessen, sagen wir, zu fliegen. Vielleicht wollte er sich nur mal strecken nach all den Jahren auf allen vieren, nur mal die Beine ausschütteln, und gleich haben es ihm alle nachgemacht. Da ist ein Stein ins Rollen gekommen, an dem wir heute noch zu knabbern haben. Ich könnte jedenfalls ewig hier so liegen. Vielleicht sollte ich mir einen Tropf anschaffen und mir Nährflüssigkeit spritzen. Dann müßte ich nicht ständig zum Essen aufstehen. Ich kann ja nicht ewig von den Insekten leben, die mir in den Mund fliegen. Einfach eine 10-Liter-Flasche Zuckerwasser, die reicht bestimmt eine Woche. Wenn ich's mir recht überlege, sind Fliegen und Hausstaubmilben das einzige, was für mich noch ein Antrieb ist, mich zu bewegen. Nicht Kafka und Kant, sondern Fliegen und Milben. Vielleicht schickt sie mir ja Gott, um mich daran zu erinnern, daß ich die Krone der Schöpfung bin. Vielleicht sind Engel in Wirklichkeit gar nicht unsichtbar, sondern fliegen mir in den Mund. Da ist ja mein kleiner Schutzengel wieder, ja, ich hab verstanden. Hat gedauert, ich weiß. Aber jetzt ist mir alles klar. Wie schön, jetzt juckt es wieder am Rücken, genau da, wo ich nicht hinreiche. Eine Botschaft von Gott. Ich bin auf dem richtigen Weg.

Manche Kinder sind ganz schön frech

Irgendwo im Prenzlauer Berg. Die Alliierten haben diesen Sportplatz mit ihren Bomben erbaut, den Platzwart mit den grauen Haaren haben sie dabei leider nicht getroffen, aber heute ist er nicht gekommen, um uns zu verjagen. Es ist 15:15 Uhr. Wenn ich jetzt einen epileptischen Anfall bekäme, würde ich ihn nicht überleben, denn zwischen meinen Beinen klemmt ein Zaun, der zwar vier Meter hoch ist, aber 40 Meter zu tief, um mich davon abzuhalten, drüberzuklettern. Auf der anderen Seite schießen 20 rauchende Kerle 25 Bälle auf ein Tor, in dem 1 nichtrauchender Zehnjähriger versucht, alle Bälle zu halten. So machen wir uns warm. Wenn er einen durchläßt, bekommt er einen hysterischen Anfall, er wird einmal ein Großer.

Die meisten Frauen nervt es, wenn über Fußball geredet wird, ich bin auch so eine. Aber das Spiel hat ja auch ganz andere Aspekte, man kann es zum Beispiel spielen. Mir war es dabei immer am liebsten, wenn außer dem Ball keiner weiter mitspielt. Alle Autisten werden mir zustimmen, daß es am meisten Spaß macht, gegen eine Wand zu schießen, man wird dabei müde und unglücksunempfindlich. Tennis gab es bei uns früher nicht. Sonst hätte ich das trotzdem nicht gespielt.

Meistens spielen wir Ärzte gegen Patienten. Die Ärzte studieren Medizin und kommen aus Baden-Württemberg, auf ihren Partys bleiben sie unter sich. Sie reden oft von ihren Prüfungen. Von den Patienten ist einer schizophren-depressiv, einen hat der DDR-Leistungssport tablettensüchtig gemacht, er kann sich nur sehr langsam bewegen, weil er andere Tabletten gegen seine Tablettensucht nimmt, die seine Reflexe beeinträchtigen. Einer hat keine Haare; wenn der Ball an seinen Kopf klatscht, klingt es wie eine Ohrfeige. Wenn wir nicht genug wären, könnten wir eigentlich Verstärkung aus der gerontopsychiatrischen Tagesstätte von gegenüber anfordern. Manchmal wird auch ein Arzt zum Patienten, wenn ihm zum Beispiel das Kreuzband reißt und er sich die vier Meter Zaun mit den Armen hochziehen muß. Das Kreuzband reißt meist ohne Grund und die Heilung dauert ein bis zwei Jahre. Danach hat man ein Bein mit und eines ohne Muskeln, immerhin.

Die Minderjährigen, die sich in diesem geräumigen Bombentrichter sonst noch herumtreiben, wachsen erstaunlich schnell, in zwei Jahren werden sie mir Schläge androhen, bis jetzt kann man an ihnen noch Bockspringen üben. Einer trug mal ein Carsten-Jancker-Trikot; als wir ihn deshalb ins Tor stellten, zog er das Trikot aus, darunter kam ein Oliver-Kahn-Trikot zum Vorschein. Sie haben keine Werte mehr, entweder sie sind für Bayern oder sie laufen als Biene Maja rum.

Wenn uns früher ein Großer sagte, geh mal weg, jetzt wollen *wir* hier spielen, dann war er sehr gesprächig. Normalerweise gab es gleich eine Ohrfeige. Das hat sich geändert, unsere 58er Eltern haben uns mit humanistischen Werten lebensunfähig gemacht. Neulich haben wir, da wir wieder so viele waren, die Sieben Zwerge gebeten, doch bitte hinter den Toren zu spielen, wo genug Platz für sie war. Einen von ihnen hatten wir uns aber noch als Torwart ausgesucht. Die Sieben Zwerge waren sehr aufgebracht, sie schraubten Gullydeckel auf, bis Fontänen herausspritzten, sie stellten sich hinters Tor und irritierten ihren Kollegen, klatschten bei jedem Tor gegen ihn Beifall, stopften seine Jacke in eine Pfütze und fingen an zu diskutieren: »Ihr wolltet uns mitspielen lassen und jetzt dürfen wir nicht mitspielen, ditt is *unjerecht*!«

»Ja, okay, aber sieh mal, wir sind größer, und darum geht's nun mal heutzutage. Du kannst ja wachsen, wenn's dir nicht paßt.«

»Ditt is *unjerecht*! Wir holn die Polizei.«

»Hol se doch.«

»Wir warn *vor* euch da.«

»Nee, *wir* warn vor euch da.«

»Wir warn schon *jestern* da!«

»Wir warn schon *vor*jestern da.«

»Stimmt janich, *wir* warn vorjestern da.«

»Mensch, Piepel, wir warn *immer* vor euch da, wir warn schon 20 Jahre vor euch da!«

Einer von uns konnte nicht verstehen, daß er als Kind eine geknallt bekommen hätte und diese Erfahrung jetzt nicht an die jüngere Generation weitergeben durfte. Er nahm sich den Ball des Anführers und schoß ihn über den Zaun. Die kleinen Strolche zogen fluchend davon und kamen mit fünf anderen kleinen Strolchen zurück, sie hatten tatsächlich ihre kleinen Brüder geholt. Sie setzten sich auf eine Bank und schmiedeten Rachepläne. Sicher waren wir in ihrer Vorstellung schon qualvolle Tode gestorben.

Aus irgendeinem Grund komme ich beim Fußball immer ins Träumen. Wenn die Sonne langsam untergeht und die Brandmauern rot färbt, die Luft wird angenehm kühl, man kann kaum mehr laufen, will aber nicht über den verdammten Zaun, wenn man sich dann so fühlt, als sei Berlin noch so wie früher, dann stelle ich mir vor, wie meine kleine Freundin mit den schorfigen Knien und dem bunten Plasteperlenarmband hinterm Zaun auftaucht und ich zu ihr hingehe und sage: »Tach.«

»Tach.«

»Na?«

»Wie lange spielta 'n noch?«

»So ne Stunde.«

»Mein Alter is besoffen.«

»Schon wieder?«

»Sind deine im Garten?«

»Mmh.«

»Und deine Atze?«

»Uff Montage.«

»Kann ick heute bei dir bleiben?«

»Mmh.«

»Schau.«

»Du, weeßte wat? Ick weeß jetzt, wo die immer den Schlüssel vom Kognakschrank verstecken. Wir könn' ja mal wat davon probiern.«

»Und wat is, wenn die dit mitkriegen?«

»Ach, denn füllen wa einfach mit Wasser uff.«

»Deine Kumpels rufen.«

»Na denn bis nachher, Mandy.«

»Kann ick euch nich noch 'n bißchen zugucken?«

»Na jut.«

Aber so was gibt's im Jahr 2002 ja gar nicht mehr.

Samba in Amsterdam

1.
In der U-Bahn sitzt mir gegenüber ein Mann, der sich seinen weißen Stoffbeutel geschickt übers Knie gehängt hat. Er macht das sicher schon seit Jahren so, und das Knie hat inzwischen eine kleine Delle bekommen. Die Erfindung bringt ihm kein Geld, und es macht sie auch keiner nach, obwohl er nichts dagegen hätte. Er hat es aber schon aufgegeben, dafür zu werben, zu oft ist er verlacht worden. Wenn die Leute nicht wollen, wird er sie nicht zwingen. Ganz still ist er geworden und immer noch der einzige weit und breit, der sich das Leben so zu erleichtern weiß. Nur insgeheim liebäugelt er manchmal mit einem Auftritt bei ›Außenseiter, Spitzenreiter‹, schließlich war sein Schwager dort auch schon einmal zu sehen, einer der letzten Männer, die sich ihre langen Nackenhaare nach vorn über die Glatze kämmen. Der Schwager konnte rückwärts auf Inline-Skates fahren und dabei Geige spielen. Mit solchen reißerischen Nummern kommt man natürlich leichter ins Fernsehen.

2.
Neben mir sagt jemand zu seinem Nachbarn: »Das trifft's.« Ich habe nicht zugehört und werde nie erfahren, was was trifft.

3.
Ein paar HSV-Fans betreten unser Abteil. »Wird ja schon dunkel, geht die Sonne schon unter?«

»Wir sind doch im Ruhrpott, da geht immer alles unter.«

»Ach so, ich dachte, das ist wegen dem ganzen Kohlestaub.«

4.
Zwei Fragen:
– Warum stellen sich immer alle dumm, wenn sie mit mir reden?
– Ist das wirklich Schweineschnitzel auf meinem Brötchen?

5.
Der Mann neben mir liest ein Buch: ›Die ersten hundert Tage als Chef‹. Dann unterhält er sich mit seinem Gegenüber, der ihm ein paar zusätzliche Tips gibt. Sein Gegenüber erwähnt das Beispiel eines Mitarbeiters, der sich selbst »rausgekantet« habe, nur durch seine Körpersprache. Er führt dessen Art zu sitzen vor. Ich erkenne sofort meine Lieblingsposition. Es war die Position, bei der man von den Lehrern immer gefragt wurde, ob man Zahnschmerzen habe.

6.
Bei manchen Dingen freut man sich, wenn sie einem auf der Zunge zergehen. Schnitzelbrötchen gehören nicht dazu.

7.
»Dieser Zug endet hier.« Wie traurig das klingt.

8.
Ankunft im Amsterdam. Seit Bestehen der Menschheit verzweifeln wir an den gleichen Grundfragen: Soll man nach rechts gehen, nach links, nach vorn oder zurück? Zum Glück kommen nicht auch noch oben und unten in Frage, jedenfalls nicht in unseren Breiten, sonst würden wir völlig durcheinanderkommen.

9.
Ein Fahrrad hängt zur Hälfte im Wasser, aber es ist angeschlossen. Trotzdem ein trauriger Anblick.

10.
Ich gehe erst in die Seitenstraßen, in denen viele Menschen sind, um zu sehen, warum sie dort sind, dann gehe ich nur noch in die Seitenstraßen, in denen wenig Menschen sind, weil ich genug gesehen habe. Wenn das alle machen würden, gäbe es bald keine leeren Seitenstraßen mehr. Unterwegs durchquere ich ein Viertel, in dem die Aufgaben nach Geschlechtern verteilt sind. Die Männer drängeln sich zu Hunderten auf der Straße, während die Frauen aus den Häusern gucken. So kommt man sich wenigstens nicht in die Quere.

11.
Um uns den Sambarhythmus beizubringen, riet man uns in der Tanzschule, das Wort »Amsterdam« zu murmeln: »Am-sterdam, Am-sterdam«. Seitdem murmele ich bei jeder Gelegenheit »Am-sterdam, Am-sterdam« und habe mich doch noch nie getraut, Samba zu tanzen. Und so wie ich tanze, täte ich auch besser daran, »Rom, Rom« zu murmeln.

12.
Amsterdam ist eine blindenfeindliche Stadt. Die meisten Blinden sind nämlich längst ertrunken. Die übriggebliebenen werden zu ihrem eigenen Schutz an Laufschienen angekettet, so daß sie, wenn sie ins Wasser fallen, mit dem Kopf an der Luft bleiben, weil sie sonst nicht um Hilfe rufen könnten. Bis Hilfe kommt, vertreiben sie sich die Zeit damit, mit den ebenfalls ins Wasser hängenden Fahrrädern zu spielen.

13.
Wenn die Holländer holländisch reden, kann man kaum ernst bleiben. Die Holländer denken dann, man grinst, weil sie so komisch aussehen. Ich kann nicht viel von dieser Sprache, aber den Satz: »Er verunglückte mit seinem Motorrad, kam ins Krankenhaus und mußte dort Grießbrei essen. Später studierte er Philosophie, verlor einen Ringkampf und heiratete eine schlechte Frau«, kann ich schon übersetzen. Er geht so: »Er hatte einen Ungefall mit seinem Brummfietz, kam ins Siechenhaus und mußte dort Grießmehlpapp essen. Später studierte er Wißbegier, verließ einen Wurstelwettstreit und freite eine Schlotterfotze.«

You have to swing the bat if you want to score a homerun

Franz stand auf einer Party, inmitten von Jugendlichen, die ihn eingeladen hatten, weil sie seine Kurzfilme auf Viva so lustig fanden. Sein erster Gang galt dem Buffet; als er sich mit einer Flasche Wein in der Hand umdrehte, fand er in der ganzen Küche keinen Öffner, dafür um so mehr attraktive Mädchen. Er drängelte sich durch den Flur, auch hier nur attraktive Mädchen, vielleicht gab es zwei Samariterstraßen in Berlin, und Bernhard und er hatten sich in der Adresse geirrt? Er zog es vor, lieber nicht nachzufragen, wann erlebte man das schon einmal, nur anregende Gespräche, wem man auch sein Ohr lieh, man hätte ihm den ganzen Abend über zuhören wollen. Und dann wurde ja auch noch in zwei Räumen nach ganz unterschiedlicher Musik ausgelassen getanzt.

Franz setzte sich neben Bernhard auf die Auslegeware, es knirschte ein bißchen in den Knien, aber einmal unten war alles wie früher, als sie sich auch bei sich zu Hause noch auf den Boden gesetzt hatten, um damit ihr Erwachsensein zu unterstreichen.

Von hier unten sahen die Mädchen noch attraktiver aus, was für eine glückliche Generation.

Da wies ihn Bernhard auf eine Frau hin, die allein in der Ecke auf einem alten Drehsessel saß und die Arme hinter dem Kopf verschränkt hielt. Sie schien sich zu langweilen inmitten des Trubels. Kein Wunder, niemand redete mit ihr, denn sie war dick und ihre Brille fiel gar nicht auf bei den ganzen Pickeln.

»Großer Gott«, murmelte Bernhard. »Die Arme wird nie auch nur einen Funken Freude erleben.«

»Ja, es gibt solche Menschen, sie opfern sich für unser Glück, damit das Gleichgewicht erhalten bleibt.«

»O Mann, es ist so schrecklich, vielleicht hat sie noch nie jemand geküßt.«

»Ach, laß dir doch davon nicht die Stimmung verderben, guck

mal, die Blonde da hat dir eben zugezwinkert. Donnerwetter, hat die beim Strippoker verloren?«

Um auf andere Gedanken zu kommen, nahm Bernhard einen großen Schluck aus der Flasche. Aber jetzt mußte Franz immer wieder zu diesem dicken Mädchen hinübersehen. Als hätte jemand einen magischen Kreis um sie gezogen, den niemand zu überschreiten wagte. Er haßte Gott dafür, daß er mit manchen Menschen sein perverses Spiel spielte. Warum nannten sie ihn gerecht? Dann hätte er ihr doch wenigstens glatte Haut geben können oder die Schielaugen weglassen. Oder sie von diesem Mundgeruch verschont, der durch den dichten Zigarettenqualm bis zu ihnen drang.

Die jungen, gesunden Menschen um ihn herum fingen an, ihn zu deprimieren. Wie achtlos sie mit ihrem Glück umgingen. Sie wußten gar nicht zu schätzen, wie gut sie es hatten. Kein bißchen Dankbarkeit. Wahrscheinlich machten sie sogar noch Witze über das dicke Mädchen. Sicher hatten sie sie nur aus Bosheit eingeladen.

Es reichte ihm, man mußte im Leben auch einmal nicht nur an sich denken. Er stand auf und ging langsam zu ihr hinüber. Der Stolz auf seine Großmut schnürte ihm die Kehle zu.

»Hi.«

»Hi.«

»So allein?«

»Ja, wieso?«

»Ich frage das nie, aber bei dir kann ich nicht anders, weil du mir sofort aufgefallen bist. Willst du vielleicht nachher mit zu mir kommen?«

»Okay, wenn du in der Nähe wohnst.«

»Gleich um die Ecke.«

»Ich hab nämlich keine Lust, ewig weit zu latschen.«

»Kein Problem, ich auch nicht.«

»Ich hoffe, du bist gut im Bett.«

»Äh, ja, das hoffe ich auch immer, es hat sich noch keine beschwert, allerdings ...«

»Na ja, ist schon gut, war nur ein Witz. Wollen wir gleich gehen? Ich finde das hier ziemlich öde.«

»Ja, äh ... ich auch. Genau!«

Franz verabschiedete sich nicht von Bernhard, der inzwischen fest umschlungen mit der Blonden von eben tanzte. Er wollte keine Zeugen für seine Barmherzigkeit, das war eine Sache zwischen ihm und Gott.

Sie gingen zu ihm nach Hause.

»Soll ich mir die Schuhe ausziehen?« fragte sie im Flur.

»Na klar, hier, du kannst meine Puschen haben.«

Sofort biß er sich auf die Zunge, verdammt, wie gedankenlos von ihm. Wie sollte sie denn mit diesen Füßen in seine Hausschuhe passen. Vielleicht kramte er lieber gleich die Wollsocken hervor.

Sie bückte sich, reichte aber nicht bis zu ihren Füßen hinunter. Franz kam ihr zu Hilfe und löste ihre Schnürsenkel. Sie stieg aus den Schuhen und ein beißender Geruch schlug ihm entgegen, ein Geruch, von dem ihm sein Opa immer erzählt hatte, der in Stalingrad deswegen viele Amputationen vornehmen mußte.

Sie verschwand im Bad und Franz schmierte sich rasch eine halbe Dose Vietnamesencreme unter die Nase. Als sie wiederkam, fackelte er nicht lange, bringen wir es hinter uns, dachte er sich und küßte sie auf den Mund. O Gott, an den Geschmack hatte er gar nicht gedacht. Aber er konnte keinen Rückzieher mehr machen, es war doch das Fieseste überhaupt, bei jemandem falsche Hoffnungen zu wecken. Jetzt schob sich ihre rauhe Zunge in seinen Mund. Er begrüßte sie, indem er leicht hineinbiß, um ihr zu verstehen zu geben, daß sie bis hierhin alles richtig machte. Er versuchte krampfhaft, an etwas zu denken, was ihn gleichzeitig vom Brechreiz ablenkte und ihm zu einer Erektion verhalf. Ihm fiel nur die Jungfrau Maria ein. Ja, das war es, er stellte sich vor, die Jungfrau Maria erschien ihm in Gestalt des Teufels, um seine Barmherzigkeit auf die Probe zu stellen.

Dabei klammerte er sich mit den Händen an ihren Schwimmringen fest, wenn sie nach der falschen Seite kippten, wäre es aus.

»Hast du das schon mal gemacht?« fragte sie.

»Was?«

»Na, Sex.«

»Äh, nein«, log Franz, um sie nicht unnötig zu verunsichern.

»Das merkt man.«

Das arme Ding. Wahrscheinlich hatten sie ihr erzählt, die Frau müsse den Mann beleidigen, um ihn scharf zu machen. Diese sadistischen Zicken von vorhin.

»Okay, du übernimmst die Regie, ich vertrau dir«, sagte Franz.

Da ließ sie sich auf ihn fallen, und er schaffte es gerade noch, den Rücken so zu krümmen, daß sich ein Luftpolster bildete, sonst wäre er unter ihren Fleischmassen erstickt. Sein halbes Gesicht verschwand in ihren Lippen, jeder Versuch, sich aufzubäumen, scheiterte, weil er an ihrer fettigen Haut keinen Halt fand.

Franz verlor das Bewußtsein.

Als er wieder aufwachte, saß sie am Tisch und verschlang seine Riesenpackung Toffifee.

»Daf war ja niff bewonderf«, sagte sie schmatzend.

Laß sie reden, dachte sich Franz, sie ist ihr Leben lang erniedrigt worden, da ist es normal, daß sie sich einen Schutzmechanismus aufgebaut hat.

»Einen Orgafmuf hatte iff jedenfallf niff. Und daf will waf heifen, iff krieg wonft immer einen.«

Da reichte es Franz. Eben hatte er sich noch unauffällig die Hände abwischen wollen, weil sein ganzer Bauch von dieser seltsamen Brühe klebte, aber das war zuviel.

»Weißt du was, ich bin nur aus Mitleid mit dir mitgegangen!« brüllte er.

»Na und, meinst du ich nicht?«

»Lüg doch nicht! Du hattest noch nie Sex im Leben, das ist völlig ausgeschlossen!«

»Ich hab jeden Tag Sex. Ich muß nur zu einer Party gehen.«

»Aber niemand lädt dich ein, mit deinen Pickeln!«

»Na und, ich geh einfach so hin. So wie ich aussehe, traut sich keiner was zu sagen. Die haben doch alle Mitleid. Und ich bin noch nie allein nach Hause gegangen, ich danke dem Herrgott täglich auf Knien, daß er mich so geschaffen hat, wie ich bin.«

»Das ist pervers!«

»Reg dich doch nicht auf. Mach's lieber wie ich. So wie du aussiehst, bist du genau der Typ dafür. Das kannst du mir glauben, ich hab das im Urin.«

Schlechte Laune im Silikontal

Die Informatikfakultät der Humboldt-Universität liegt im Technologiepark Adlershof. Wenn man sich an den Talentscouts der Industrie vorbeigeschlängelt hat, fällt es einem schwer, sich nicht von den Stellenangeboten blenden zu lassen, mit denen dort die Wände tapeziert werden: »Nehmen jeden unter 65. Geistige Fehlfunktionen kein Hindernis. Grundkenntnisse in C++, Java, Javascript, Delphi 4, Oracle, SQL, ACCESS, XML, Corba, Plus Minus Minus, Minus Mal Plus hilfreich.«

Weil ich mit meinen Cordhosen und meiner Uhr mit Zeigern in Adlershof ein Paradiesvogel bin, traue ich mich immer seltener hin. Ich habe mein Grundstudium noch in einer Computersprache gemacht, die heute verboten ist. Die Rechner sind inzwischen so klein geworden, daß ich sie ohne Brille gar nicht mehr sehe. Nur die Studenten sind noch die gleichen. Dieses Studium ist nämlich ein Sammelbecken für aussätzige junge Männer mit Piepsstimmen und Schnurrbartflaum. Mädchen können sich nur einschleichen, wenn keiner mitbekommt, daß es Mädchen sind, ich habe bis jetzt drei gezählt, es könnten aber auch sechs gewesen sein, das läßt sich schwer entscheiden.

Neulich war ich aber wieder einmal da. Ängstlich betrat ich den Computersaal, das Zentrum der Macht, wo sich gigantische Bildschirme ein Stelldichein gaben. Ich setzte mich an einen von ihnen, er hieß Whorf. Alle Bildschirme in einem Raum nach Star-Trek-Figuren zu benennen, ist ein gutes Beispiel für den unter Informatikern sehr verbreiteten Informatikerhumor. Manche nennen auch ihre Festplatte »Windoofs«, weil sie Bill Gates stürzen wollen. Der ist überhaupt die Ursache für alles Schlechte auf der Welt, meinen die Informatiker, und es kann kein Zufall sein, daß sein Name in ASCII-Code umgerechnet 666 ergibt.

Ich drückte auf einen der vielen Knöpfe und wartete. Doch das technische Kabinettstückchen gab keinen Mucks von sich. Nach mehreren Stunden, in denen ich immer mal wieder einen der Knöpfe ausprobierte und ansonsten aus dem Fenster sah und über das *richtige* Leben nachdachte, forderte mich Whorf plötzlich zum Einloggen auf. Ich tippte »*Fuck you*« ein, mein neues Paßwort, und betrat schüchtern den virtuellen Raum. Es gab nicht viel zu tun hier für mich, ich drückte immer mal wieder ein paar Knöpfe, und es machte immer öfter »piep«. Ich gab die Hoffnung bald auf, Lara Croft beim Baden zu erwischen und ihr ihre Anziehsachen zu klauen. Whorf war asexuell, kein Frauenbeinchen fand sich in seinem Gehirn. Ich wollte mich aus dem Staub machen, aber das war leichter gesagt als getan. Keine Taste fühlte sich mehr für mich zuständig, der Bildschirm hatte sich dunkel gefärbt und war übersät mit den zerfetzten Überresten aller Fenster, die ich, ohne es zu wollen, je geöffnet hatte und die jetzt ein sinnloses Dasein fristeten. Ich beschloß, mich von den beiden achtzehnjährigen Doktoranden, die mir gegenübersaßen, demütigen zu lassen. Ich lauschte ihrem Gespräch: »Du mußt die Referenzklasse an den Destruktor vererben, sonst zerschießt dir das File-Handle die Beta-Knoten. Ich würde sowieso lieber vom X-Server mounten, wenn er geroutet ist, auf jeden Fall kann man die Prozesse getaktet gabeln.«

Ja, diese beiden IQ-Husaren hatten ihre Hausaufgaben gemacht, sie kannten die postmoderne Reality wie ihre Westentasche. Ich schlich mich an sie heran und überraschte sie mit einer einfachen Frage: »Könnt ihr mir sagen, wie ich den Computer wieder ausschalte?« Man kann sagen, ich erntete Blicke. Nach mehreren Minuten rhetorischen Schweigens, in denen sie sich mit den Augenbrauen in einem klingonischen Geheimdialekt über mich lustig machten, antwortete mir der eine von ihnen mit den kryptischen Worten: »Control-C.«

Das war also das ganze Geheimnis, dafür bekamen diese Rotzlümmel ihre Traumgehälter. Ich drückte die magischen Tasten, das konnte wirklich jedes Kind. Whorf piepte noch ein paarmal vor Erschöpfung, dann hatte er mich vergessen, ich war aus seinem Gedächtnis getilgt worden, und er würde glauben, er hätte nur schlecht geträumt.

»Wer fragt, ist ein Narr für fünf Minuten, wer nicht fragt, bleibt ein Narr sein Leben lang.« So stand es in meinem Poesiealbum, mein Patenonkel hatte mir die Worte ins Leben mitgegeben. Ich verließ den Raum und warf den beiden Technik-Apologeten einen Blick zu, der ihnen, wenn sie meine subtile Blicksprache verstanden hätten, gesagt hätte: Ihr denkt, ihr seid unsterblich, aber auch auf euren Gehirnen wird das Rad der Geschichte eine breite Spur hinterlassen. Dann betrat ich müde blinzelnd die gute alte Welt, dieses liebenswürdige Gebilde, das mich immer so beruhigend an die braune Haushaltsschürze von meiner Oma erinnert.

Schriftsteller, die ich gerne wäre, Teil 1: Thomas Bernhard

Thomas Bernhard hatte keine ruhige Minute, weil ihn immer etwas wurmte. Er ging dann durch den Wald auf den Berg, von dort in die Schlucht und durch den Hohlweg zurück zum Haus, wo es ihn aber nicht lange hielt. Unterwegs dachte er über den Tod nach, der sich manchmal als Tierkadaver und manchmal als Sonnenuntergang verkleidete. Um ungestört zu sein, baute sich Thomas Bernhard eine Mauer um sein Haus und ärgerte sich über die vielen Blumensträuße, die von seinen Verehrerinnen drübergeworfen wurden. Er warf sie zurück, aber sie kamen immer wieder über die Mauer geflogen. Er kam deshalb zuletzt kaum noch zum Schreiben, weil er den ganzen Tag lang Blumensträuße über seine Mauer warf. Wenn er doch einmal Zeit hatte, kümmerte er sich um seine einhundert Paar Lederschuhe, die er alle selbst pflegte für den Fall, daß er einmal Lust bekommen sollte, in Lederschuhen spazierenzugehen.

Thomas Bernhard stand schon früh vor dem Dilemma, eigentlich Sänger werden zu wollen, aber an einer Art chronischer Lungenentzündung sterben zu müssen. Aus einer Laune heraus entschied er sich aber weiterzuleben und statt dessen Schriftsteller zu werden. Schriftstellern machen Lungenentzündungen nichts aus, sie können sich im Grunde auch alles andere entzünden und immer noch weiterschreiben, aber hustende Sänger werden nach wie vor diskriminiert, vor allem in Österreich, wo Sänger besonders kritisch beurteilt werden seit Mozart, der ja Österreicher war und sich mit Musik auskannte. Andererseits bekommt jeder, der längere Zeit in Österreich zubringt, eine chronische Lungenentzündung, weswegen es auch viel weniger Österreicher gibt als Deutsche, obwohl in Österreich eigentlich genug Platz für weitere Österreicher wäre. Österreich ist aber durchzogen von giftigen Nebeln, die seit Jahrtausenden in den Tälern wabern und nie hinausgespült werden. Der Schweiß und die Ausdünstungen von Generationen sammeln sich zu dichten Nebelschwaden, durch die sich nur hier und da ein Wanderer seinen Weg bahnt. Wer in Österreich etwas auf sich hält, bewegt sich deshalb auf Stelzen vorwärts. Thomas Bernhard hatte aber kein Geld für Stelzen. Von seiner Mutter hatte er nur eine rote Knollennase geerbt. Von seinem Vater überhaupt nichts, denn der war ein holländischer Alkoholiker gewesen und als solcher bald verschwunden. Und zu allem Unglück mußte Thomas Bernhard auch noch in Österreich aufwachsen, wo alle anderen auch Knollennasen hatten und sich tagelang über Mehlspeisen unterhielten. Ihm blieb nichts weiter übrig, als nach Wien zu gehen, wo man den Nebel durch spezielle Riesenräder in Bewegung hält und deshalb zu bestimmten Tageszeiten eine Illusion von frischer Luft erzeugt. In Wien saß er immer den halben Tag in dem einen Café und den anderen halben Tag in dem anderen Café, aber um nichts in der Welt hätte er den einen halben Tag in dem anderen und den anderen halben Tag in dem einen Café verbracht, es war ja schon schlimm genug, den einen halben Tag in dem einen und den anderen halben Tag in dem anderen Café zu verbringen, wenn man eigentlich beide Cafés unerträglich fand. In dieser Vormittags- und Nachmittagsumgebung las er die Vormittags- und die Nachmittagszeitung und begann sich zu ärgern. Ärger ist ja die eigentliche Quelle für Literatur. Aber nicht nur ein bißchen Ärger, bei dem es genügen würde, einmal kräftig auf den Tisch zu hauen, sondern ein Ärger, der zweihundert Seiten dauert, und das, obwohl man alles auch auf einer Seite sagen könnte, wenn es nicht so ärgerlich wäre. Ein Ärger, bei dem man drei Monate lang ununterbrochen mit der Faust auf den Tisch hauen und »Zum Kuckuck!« rufen müßte, um ihn loszuwerden; wer es schafft, sich einmal so zu ärgern, der hat auch das Zeug zum Schriftsteller.

Wenn Thomas Bernhard einmal nichts einfiel, worüber er sich ärgern konnte, und ihm deshalb eine Schreibblockade drohte, nahm er bei seinem Verlag einen Kredit auf und gab das Geld sofort für ein kaputtes Haus aus, das er eigenhändig renovierte. Um den Kredit abzubezahlen, mußte er natürlich auch ein neues Buch schreiben, was er notgedrungen tat. Wenn er nicht an einer Lungenentzündung gestorben wäre, wäre inzwischen ganz Österreich renoviert und mit Büchern von Thomas Bernhard ausgestattet.

Von diesen muß man unbedingt eines empfehlen, das den ungewöhnlich optimistischen Titel »Ja« trägt. Es ist eines seiner kürzesten, in dem ein Kraftwerksbauer ein unverkäufliches, feuchtes Stück Wiese in einem Teil vom Tal erwirbt, in das nie ein Sonnenstrahl dringt, um hier für seine Frau ein fensterloses Haus aus Beton zu bauen, das er nach dem Vorbild eines Atombunkers entworfen hat. Sie vereinsamt dann ziemlich in diesem Haus und antwortet am Ende auf die Frage des Erzählers, ob sie sich eines Tages umbringen werde, mit »Ja«.

Meine bulgarische Verliebte

Für Bulgarinnen gibt es nichts Schöneres, als einen deutschen Stomatologen zu heiraten. Noch schöner könnte es nur sein, sich dabei gleichzeitig maniküren zu lassen. Manche Kirchen bieten diesen Service schon an. Die Stomatologen gelten in Bulgarien als Männer, die jeden Tag ihre Unterwäsche wechseln und zu beschäftigt sind, um ihre Frau zu schlagen. Außerdem verdienen sie viel Geld, denn die bulgarischen Zähne haben unter 40 Jahren Kommunismus noch stärker gelitten als die bulgarischen Gebäude. Wer etwas auf der hohen Kante hat, geht deshalb heute zum Zahnarzt und läßt sein Gebiß auf den neuesten Stand der Technik bringen.

Ich bin zwar kein Zahnarzt, aber ich wechsle meine Unterwäsche auch manchmal, und wenn ich meine Wohnung in Berlin vermieten würde, könnte ich in Sofia für das Geld alle für ein Zahnarztdiplom nötigen Prüfungen kaufen und hätte sogar noch etwas übrig. Man muß hier mit übrigem Geld allerdings vorsichtig umgehen. In den Rhodopen habe ich einmal, weil alles so unglaublich billig war, die ganze Speisekarte eines Restaurants bestellt. Die von mir ausgegebene Summe hatte dann den Effekt der von Marx beschriebenen ursprünglichen Akkumulation von Kapital. Der Wirt investierte sie in einen Hotelneubau, mit dem Profit bestach er die örtlichen Politiker, und um ein Haar hätte sein Bezirk die Unabhängigkeit deklariert und eine eigene Schriftsprache eingeführt. So geht es uns Deutschen mit unserem Reichtum. Wir gelten unter den Bulgarinnen als Freiwild, sie jagen uns mit Miniröcken und makellosen Silhouetten. Man kann sich allerdings retten, indem man behauptet, Schriftsteller zu sein. Das hat auf sie die Wirkung eines Knoblauchbrotrülpsers. Schriftsteller, das weiß hier jeder, stinken, verhungern und stinken dann noch mehr.

Meine bulgarische Verliebte, nennen wir sie einmal Steffka, wußte nichts von meinem Beruf und lud mich deshalb zur Hochzeit ihrer Freundin Sneschanka ein, die sich einen deutschen Banker geangelt hatte. Hochzeiten sollen ja ansteckend sein, ich hatte aber einen Rucksack voll Zynismus und Vorbehalten dabei, Dinge, an die man in Osteuropa nur schwer herankommt.

Die Hochzeit wurde in einem Hotel hoch über Sofia gefeiert, so hoch, daß die einbeinigen Bettler und die lungenkranken Zigeunerkinder aus dem Stadtzentrum nicht hinaufklettern konnten. Um mich ein wenig zu motivieren, bekam ich als Tischnachbarin eine Bulgarin, die innerhalb von nur einem Jahr Deutsch gelernt hat, um mit ihrem deutschen Freund sprechen zu können, der sie in diesem Jahr schon siebenmal besucht hatte. Er kam aus Schweinfurt, und er genoß es, daß ihm das hier nicht peinlich sein mußte. Zu Hause besaß er eine Maschinenbaufirma, und es war Liebe auf den ersten Blick gewesen, als sich das hochgewachsene Mädchen mit dem engen Rock, den Hackenschuhen und dem pechschwarzen Haar bei seinem Anblick nicht gleich übergeben mußte, wie er es aus Deutschland gewohnt war. Viele Deutsche verlieren so ihr Herz in Bulgarien, weshalb es in diesem Land zu wenig Frauen gibt. Die Männer bekommen meistens nur eine Übriggebliebene ab, die kein Geld für den Zahnarzt hatte und die sie dann ihr Leben lang schikanieren. Solche Paare sieht man überall, sie werden sich im Alter immer treuer, am Ende fährt der verbitterte Mann seine verwirrte Frau auf einem Eselskarren durchs Dorf. Und das nur, weil keiner von beiden das Geld für eine Scheidung hatte.

Immer wieder versuche ich Steffka zu erklären, warum man in Deutschland heutzutage einfach nicht mehr heiratet, aber sie prophezeit mir: »Eine Frau wird kommen und macht dich das Leben schwarz und du begegnest Selbstmord.« Daran zweifle ich nicht und halte mich an den Rotwein und den Traubenschnaps. Der deutsche Bräutigam muß derweil verschiedene Prüfungen bestehen, zuerst muß er nur mit seiner Frau tanzen, aber am Ende muß er ihre Mutter küssen, er wird immer blasser. Gegen elf laufen die Bulgarinnen aufgeregt durch die Gegend, die Braut ist verschwunden. Kein Problem, beruhigen wir sie, das ist bei uns so üblich. Wie? fragen sie zurück. Ein deutscher Brauch, erklären wir, die Braut wird entführt, irgendwer wird sie schon wiederfinden. Sie glauben uns nicht und telefonieren mit ihren Handys, niemand tanzt mehr, die meisten sind auch schon zu betrunken. Der DJ versucht die Stimmung zu heben, indem er zwei kleine Kinder Karaoke singen läßt, anschließend spielt er ein Medley von Instrumentalversionen deutscher Weihnachtslieder, aber auch das hat keine Wirkung, ohne Braut will hier niemand weiterfeiern. Wer weiß, was wirklich mit ihr passiert ist, schließlich wird in Bulgarien alles geklaut, warum nicht auch Bräute?

Ich verziehe mich aufs Klo und lese die bulgarische Zeitung. Jemand hat seinen Trabi in einen Traktor umgebaut. Jemand hat sich einen zweiten Penis machen lassen, so daß immer einer von beiden erigiert ist. Jemand hat in Berlin die Mauer geöffnet. Eine der drei Meldungen ist wahr. Welche? Natürlich die mit dem Trabi, denn wer sich einmal gefragt hat, wo dieses Auto geblieben ist, der soll nach Bulgarien fahren, hier kämpft es sich im Jahre zehn der deutschen Einheit noch immer die Berge hoch, es hat fast etwas von Nachsitzen.

Irgendwie funktioniert das mit dem deutschen Brauch nicht; nach drei Stunden weiß immer noch niemand, wo die Braut ist, erst gegen zwei taucht sie mit blauen Flecken wieder auf. Sie hatte sich vehement gegen ihre Entführung und gegen die schwarze Kapuze gewehrt und war dabei die Treppen runtergefallen. Ihr Exfreund hatte dem Bräutigam den entscheidenden Tip über ihren Verbleib geben sollen, war aber einfach vorher abgehauen. Sie hatte die halbe Nacht in einer Diskothek in der Stadt verbracht und nicht gewußt, was los war. Sie entschuldigt sich bei ihren Gästen für diesen seltsamen deutschen Brauch, und es kann weitergehen, aber die Luft ist raus. Diese Ehe steht unter keinem guten Stern, und das in Bulgarien, wo eigentlich alles Unglück bringt, was nicht gerade Glück bringt. Zum Beispiel in einem Schaltjahr heiraten oder mit dem Kopf zusammenzustoßen oder noch mal in die Wohnung zurückzugehen, aus der man gerade weggegangen ist. Es kommt aber noch schlimmer. Auf der Hochzeitsreise werden Sneschanka und Klaus kurz hinter der griechischen Grenze von einem nagelneuen Jaguar und zwei Jeeps überholt. Da man an dieser Stelle eigentlich nicht überholen kann, wird es etwas eng und einer der Jeeps versperrt ihnen den Weg. Zwei kräftige Männer schlagen Klaus zusammen, damit er sich merkt, wie er sich zu benehmen hat. Denn in dem Jaguar saß ein bulgarischer Mafioso, der sein Geld mit illegalen Ölexporten nach Serbien verdient und der zu einem wichtigen Gespräch mit dem Bezirksgouverneur der amtierenden Regierungspartei mußte. So etwas wird aus einem bulgarischen Mann, wenn er keine Frau abbekommt, solange ein deutscher Junggeselle im Raum ist. Kein Wunder, daß sie sich ihre Zeit mit kriminellen Aktivitäten vertreiben müssen, wie sollten sie sich sonst ihren Zweitpenis leisten, ohne den sie nicht mithalten können im sexuellen Kapitalismus. Und die wenigsten von ihnen verfügen über das technische Know-how, um sich ihren Trabi in eine Frau umzubauen.

Worauf reimt sich eigentlich Frisöse?

Es war wieder soweit, ein halbes Jahr hatte ich mich widersetzt, aber jetzt war es nicht länger hinauszuzögern. Ich konnte einfach nichts mehr sehen. Und was mir die Sicht verdeckte, waren meine eigenen Haare. Vor dem Computer benutzte ich zwei dicke Strohhalme zum Durchgucken. Aber im täglichen Leben war ich hilflos. Zum Glück fand ich mich in meiner Gegend auch blind zurecht. Bis zur Ecke konnte ich mich bei der einen Oma einhaken, das dauerte zwar ziemlich lange, war aber zuverlässiger, als jemanden nach dem Weg zu fragen. Vor allem hatte sie nichts dagegen, weil sie es gar nicht merkte, sie ging da schon seit Jahren im Kreis und zahlreiche Hunde waren an ihr festgebunden worden. An der Ecke ließ ich sie los und folgte dem Geruch zur Koofie, wie wir es früher genannt haben. In der Kaufhalle griff ich immer in dieselben Regale und freute mich, wenn sie wieder umgebaut hatten, dann gab es mal was anderes zu essen. Nicht immer nur Salzgurken, auch mal Paniermehl. Die Methode, mich von den lästigen Entscheidungen zu befreien, hatte ich schon eingeführt, als ich noch sehen konnte. Zurück fand ich leicht, und wenn nicht, dann waren die Leute zu höflich, um mich darauf hinzuweisen, daß ich gar nicht bei ihnen wohnte. Bei manchen habe ich so ein paar angenehme Wochen verbracht. Man schlägt Behinderten nichts ab. Ich hatte mehr Sex als je im Leben.

Aber jetzt ging die Bundesliga wieder los, und da wollte ich dabeisein. Ich mußte also dringend zum Frisör. Natürlich ging ich zu einem Szenefrisör, denn ich wollte ja eine Frisur mit Pfiff. Der in der Stargarder war schon im Fernsehen, und an den Haarschneiderinnen waren immer neue Accessoires zu entdecken. Sie wurden, allgemein gesprochen, immer brauner im Gesicht. Sie hielten sich mit Energy-Drinks auf den Beinen, das war auch nötig, denn man hörte eine Stunde lang Techno, und wenn man endlich an der Reihe war, war einem alles egal. Ich versuche, mir beim Frisör immer zu merken, wer alles schon dagesessen hatte, weil ich mich nicht zu fragen traue, wer der letzte war. Manchmal traue ich mich auch und rufe »Wer warn der letzte?« in den Raum, ohne eine Antwort zu bekommen. Mir ist das peinlich.

Als Kind war meine klare Anweisung an die Frisöse immer, mir den Pony ein bißchen unordentlich zu schneiden und nicht so gerade, ich wollte vor allem keinen Sachsenschnitt. Darunter verstand ich: Ohren halb bedeckt, Pony aber sehr kurz, Nacken natürlich eher länger. Dazu eine rechteckige Brille mit metallenem Alugestell und einen Schnurrbartflaum, so wurde der Sachse in den Werken unserer zeitgenössischen Kunst dargestellt. Da ich ihnen den Sachsenschnitt besser erklären konnte als meinen unordentlichen Pony, bekam ich meist einen Sachsenschnitt verpaßt. Mein goldenes Haar vermischte sich am Boden mit den fettigen Flocken meiner Vorgänger, und niemand machte sich die Mühe, es auseinanderzusortieren. Es wurde einfach zusammengefegt, in einen großen Sack gestopft und zu weichen Matratzen für die da oben im Politbüro verarbeitet.

An meiner Frisörphobie hat sich seit damals nichts geändert. Bis auf ein Detail: Der Blick in den Spiegel wird immer mehr zur Prüfung. Ich setze mich auf den Stuhl, natürlich reichen meine Füße immer noch nicht bis zum Boden. Dann werde ich hochgepumpt und betrachte traurig den Mann im Spiegel. Ich versuche, wenigstens irgendwie zu gucken. Das ist nicht leicht. Nicht so albern grinsen, nicht so traurig stieren, nicht so arrogant schmunzeln und nicht so ernst sinnen. Jeder Gesichtsmuskel probiert etwas anderes aus. Außerdem hat das Handtuch eine rote Rille auf meiner Stirn hinterlassen.

Wenigstens bekomme ich jetzt eine Krepphalskrause. Ich könnte mir das ganze Leben nur Krepphalskrausen anlegen lassen, es hat etwas Beruhigendes, die Haare werden nicht dahinterfallen, mein Hals wird in Sicherheit bleiben. Die Frisöse hört sich an, was ich will, aber nur mit einem Ohr. Sie ist ja taub wegen dem Techno. Ich erläutere ihr meine Vorstellungen im Rhythmus, immer zwischen dem Wummern. »Hier ... ufft ... So ... ufft ... nicht ... ufft ... oder ...?«

»Also Fasson?« schreit sie zurück. Ich spüre, daß ich einen Fehler gemacht habe. Als sie zu schneiden beginnt, kitzelt es auch schon in der Nase. Ich kann mich natürlich nicht kratzen, die Hände liegen ja artig gefaltet unter der Plane. Ich versuche, mich unauffällig durch Hinundherstülpen der Nasenflügel vom lästigen Juckreiz zu befreien. Rechts habe ich dadurch schon immer freihändig den Knorpel freilegen können, links dagegen nie. Ich wüßte gern, ob das allen so geht oder ob ich mich damit von der grauen Masse abhebe. Als ich wieder in den Spiegel sehe, erschrecke ich. Ist sie sicher, daß sie Frisöse gelernt hat? Ich stelle meine Augen auf unscharf und ergebe mich meinem Schicksal. Es ist für mich schon immer Ehrensache gewesen, zu erreichen, daß die Frisöse meinen Kopf kein einziges Mal stupsen muß, um ihm die richtige Neigung zu geben. Ich tue auch jetzt alles, um das zu verhindern, und beuge mich seitlich und nach vorn gleichzeitig, um ihr die Arbeit zu erleichtern. Eigentlich müßte *ich* dafür ein Trinkgeld bekommen. Als es für sie nichts mehr zu schneiden gibt, hält sie einen Spiegel hinter meinen Kopf. Ich habe noch nie Korrekturen verlangt, dafür ist auch jetzt keine Zeit. Ich bezahle und sage »Heil Hitler«, was bei meiner Frisur niemanden verwundert. Dann stürze ich eilig nach draußen. Erst jetzt fallen mir die idiotischen Gesichtszüge der anderen auf. Sie hängen willenlos in ihren Sesseln und warten auf ihre Nummer, die Musik hat sie völlig weichgekocht. Ich ziehe mir schnell meine Mütze über. Gut, daß Winter ist. Ist gar nicht? Egal, Mützen sind in. Schnell nach Hause, da sieht man meistens etwas besser aus. Man hat das mit den Jahren durch eine ausgetüftelte Lichtregie erreicht. Und dann ab ins Bett. Vielleicht wachsen die Haare ja über Nacht wieder ein Stück.

Anna Kournikowas große Liebe

Anna Kournikowa, die wegen ihrer zurückhaltenden Art überhaupt keine Freunde hatte, verbrachte ihre ganzen Ferien allein im Haus ihrer Großmutter damit, mit einer alten Bratpfanne Tischtennisbälle gegen die Wände zu schlagen, die wegen der Rauhfasertapete vollkommen unberechenbar zurückprallten, vor allem weil sie als Tischtennisball nur eine Überraschungseikapsel hatte, die sie bei Ludmilla aus der 8a gegen ihren Zopf eintauschen mußte. In den Sommerferien ging bei ihnen im Dorf niemand aus dem Haus, weil draußen in Sibirien die Sonne am Morgen schon von dichten Mükkenschwärmen verdunkelt wurde. Die Menschen waren blaß und blutarm und die ganze Stadt voller roter Flecke, überall dort, wo jemand noch die Kraft aufgebracht hatte, eine fette, satte Mücke zu erschlagen, die auf einer toten Ratte Mittagsschlaf hielt.

In den anderen Häusern spielten die Kinder auch Tischtennis gegen die Wände, aber keines war so virtuos dabei wie Anna, die es schaffte, ihre Überraschungseikapsel tagelang in der Luft zu halten. Wenn sie einen neuen Rekord aufgestellt hatte, war sie hinterher immer ganz abgemagert, weil sie vor Eifer nichts aß. Ihre Babuschka schüttelte nur noch den Kopf über ihre Enkelin, die, wenn man ihr die Bratpfanne einmal wegnahm, anfing, sich die Haare auszureißen. Offenbar brauchte sie einen Freund.

Boris, der schon immer der Klassenclown war, weil er nie einen Witz verstand und ihn die anderen deshalb ständig auslachten, war in Anna verliebt, seit sie im Turnunterricht Bockspringen gehabt hatten und er bei ihr Hilfestellung geben durfte. Er fing sie auf und vergaß in der Aufregung ganz, sie am Boden abzusetzen. Er stand minutenlang mit ausgestreckten Armen da und hielt Anna vor sich in der Luft, die verzweifelt mit Armen und Beinen wedelte. Ihre Schönheit hatte ihn überwältigt, und erst, als sie schon ganz blau angelaufen war, setzte er sie ab und nahm seine Hände von ihrem Hals.

Obwohl er ihr im ersten Moment etwas unheimlich war, hatte sie sich doch sofort für diesen Jungen zu interessieren begonnen, der nicht wie die anderen war, und als die Schule im Herbst wieder losging und die blassen, von den Mücken ausgesaugten Kinder sich im kalten Klassenraum aneinanderkauerten, fiel ihr auf, daß Boris noch blasser als die anderen war, und sie erinnerte sich wieder daran, wie er den ganzen Sommer vor ihrem Haus Wache gestanden und mit einem Stock gegen die Mückenschwärme gekämpft hatte. In der großen Hofpause, die anderen lachten gerade wieder über Boris, weil er, um sich beliebt zu machen, versucht hatte, eine Rolle Klopapier aufzuessen, nahm sie ihn an der Hand und ging mit ihm raus nach Sibirien, wo sie solange wortlos wanderten, bis sie sich sicher waren, daß sie nie mehr zurückfinden würden. Dann legten sie sich ins Moos und liebten sich, ohne darauf zu achten, daß es plötzlich Winter wurde, so daß Anna, weil sie nur ihr kurzes Sportzeug anhatte, über Nacht erfror. Als Boris sie am Morgen so liegen sah, deckte er ihren kleinen Körper mit der alten Bratpfanne zu und weinte, bis sein Blick auf die Überraschungseikapsel fiel, die immer noch in Annas Faust steckte. Er brach sie heraus und schaffte es mit letzter Kraft, sie zu öffnen. Taumelnd krabbelte eine halbtote Mücke aus der leeren Kapsel und setzte sich auf Boris' Hand, um ihm gierig das letzte Blut auszusaugen, so daß er ohnmächtig wurde und für immer neben Anna einschlief.

Warum ich nicht so eine Art Picasso geworden bin

Warum ich nicht so eine Art Picasso geworden bin

Jede Schule hatte ein paar Neulehrerinnen aus der Nachkriegszeit, die so selbstlos waren, daß sie auch zum Unterricht kamen, wenn sie Grippe hatten oder ihr Mann im Sterben lag. Manche davon waren nach 40 Jahren Kindergekreische allerdings am Ende ihrer Nerven und konnten selbst nur noch kreischen. Andere waren beliebt bei uns, weil sie, statt Unterricht zu machen, immer wieder das Märchen vom getreuen Eckhart erzählten. Immer wenn der Direktor hospitieren kam, mußten sie so tun, als übten sie mit uns Rechnen. Da wir einen Schüler hatten, der bei jeder Rechenaufgabe mit den Fingern nachzählte und als Ergebnis »10« rausbekam, stellten sie ihm einfach die Frage: »Wieviel macht 3+7«, worauf er mit den Fingern nachzählte und freudestrahlend »10« antwortete, der Direktor konnte zufrieden sein.

An diesen Neulehrerinnen war alles alt, die Frisur, die Schürzen und sogar die Sprache. Sie sagten nicht nur »Mittagbrot«, sondern auch »Ranzen« und »Schuhwichse«. Besonders alt war Frau Krause. Sie wäre auch noch tot zur Schule gekommen, so ernst nahm sie ihren Beruf. Trotzdem haftete ihr etwas Bäurisches an. Wenn wir Menschen malen sollten, dann sah sie es als ihre Aufgabe, uns beizubringen, daß die Beine wie ein umgekehrtes »V« aussehen mußten, nicht wie ein umgekehrtes »U«. Wir hatten, seit wir denken konnten, Menschenunterkörper als umgekehrtes »U« gemalt, aber jetzt waren wir an der Schule und durften ja auch eigentlich nicht mehr mit den Fingern zählen.

Um uns zu beweisen, daß wir selbst wie ein umgekehrtes »V« aussahen, holte sie mich an die Tafel und führte den anderen an mir vor, wie beide Beine oben an derselben Stelle zusammenliefen. »Das malt man spitz, wie ein ›V‹, da ist nämlich nichts, nur ein Würstchen bei den Jungens.« In dieser Stunde konnten sich die anderen von ihrem Lachen nicht mehr erholen.

Ich hatte schon immer monatelang dasselbe Motiv gemalt, je

nachdem, was gerade im Kinderprogramm kam. Erst reich verzierte Fernrohre aus dem »Tiger der sieben Meere«, dann Indianerzelte aus »Ulzana«, dann Wikingerschiffe aus »Wicki«, dann Flugzeuge, die aus ihren vielen Klappen Bomben abwarfen. Die alte Köchin im Kindergarten erklärte mir, daß wir so etwas nicht malen sollten, weil Krieg was Schlimmes sei. Also machte ich mit zwei Strichen Weihnachtspakete aus den Bomben. Aber mein Bild gefiel mir nicht mehr so.

Nicht nur, wenn es um Kriegsspielzeug ging, wurden wir im kirchlichen Kindergarten unterdrückt. Ich erinnere mich genau an die Aufgabe »Wir malen drei bunte Ostereier«. Ich malte eine ganze Landschaft, in der überall bunte Ostereier versteckt lagen, und bekam dafür einen Schlag auf den Hinterkopf. So wie mein Nachbar hätte ich die Ostereier malen sollen, riesengroß und mit bunten Zickzackmustern drauf, aber auf jeden Fall ohne Landschaft. Die anderen Formen von Unterdrückung waren: den Löffel senkrecht aus dem Mund ziehen. Wenn Tee nachgeschenkt wurde, »Ja, bitte« oder »Nein, danke« sagen. Die Stullen aus der Stullenbüchse und beim Spazierengehen die Mädchen nur mit einer Hand anfassen.

Künstlerisch stagnierte ich, weil mir vom Material, das mir zur Verfügung stand, die Hände gebunden waren. Deshalb sehen die Bilder »Wir tuschen Blumen« und »Wir malen viereckige Bausteine« bis auf die Farbe fast identisch aus. Fast so wie »Wir malen ohne Thema«, obwohl der blaue Klecks eine Eisenbahn darstellen sollte. Bei »Ich gehe im Regen spazieren« kann man immerhin an der Mimik erkennen, daß es sich um mich handelt. Wir machten das Beste aus unserer Notlage, die uns zur Arbeit mit blassen Buntstiften, zerfließender Tusche und haarenden Plastepinseln zwang. Es ging auch mit einfachen Mitteln. Fast avantgardistisch mutet die Aufgabe »Wir falten ein Buch« an, bei der ein Blatt Papier längs gefaltet wurde, so daß ein richtiges Buch entstand.

Auf diejenigen, die diese Aufgabe gemeistert hatten, wartete im Fortgeschrittenenkurs die nächste Herausforderung: »Wir falten ein Taschentuch«.

Bevor wir lernten, wie man ein Auto faltet, wurde ich leider in die Schule verstoßen.

Als wir dort eine Blumenvase malen sollten, frohlockte ich, weil ich das schon monatelang geübt hatte. Immer dieselbe blaue Vase mit einem kleinen Rhombusmuster in der Mitte. Aber als ich zu malen anfing, mißlangen mir in der Aufregung die Umrisse, und ich zog sie immer wieder nach. Am Ende war die Vase so groß, daß sie kaum noch aufs Blatt paßte, an Blumen war nicht mehr zu denken. Das Muster mußte ich auch übermalen. Bei der Zensurenvergabe wurden die Bilder mit unseren Vasen hochgehalten. Meins

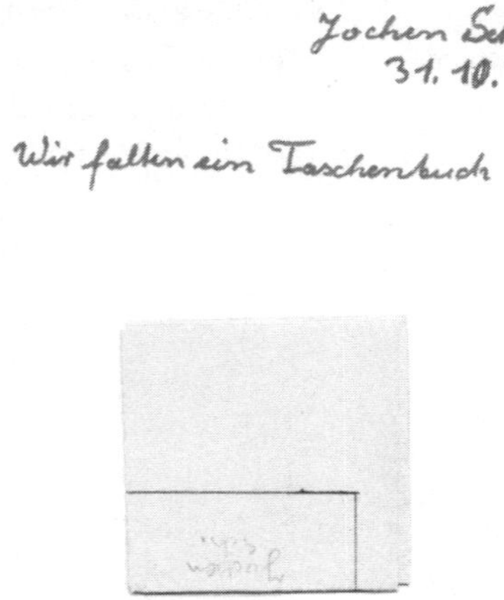

kam und kam nicht dran, dabei waren schon die Dreien und Vieren gezeigt worden. Ganz als letztes hielt Frau Krause wortlos mein Bild vor die Klasse, mit spitzen Fingern, als sei es ein Foto von einem nackten Mann. Die Mädchen hauchten entsetzt: »Hhhh!! Au weia!«, und ich bekam eine Fünf.

Das blieb nicht die letzte Demütigung. Als wir Raumschiffe malen sollten, malte ich natürlich die Enterprise. Die ganze Serie guckte ich nur, weil am Anfang und am Ende ganz kurz das Raumschiff zu sehen war. Man schaffte es in den wenigen Sekunden nie, es sich ganz zu merken. Auf jeden Fall sah es prächtig aus, wie eine riesige Ameise mit einer Kommandozentrale und langen Kufen, in denen die Techniker wohnten. Auf das Raumschiff schrieb ich »NASA«. Als die Lehrerin das sah, mußte ich den Schriftzug entfernen. Ich hatte aber den metallenen Raumschiffhintergrund so gut hinbekommen, wie es mir nie wieder gelingen würde. Deshalb schrieb ich einfach »+UdSSR« dazu. Als die Lehrerin danach auch noch verlangte, daß wir Blumen durch den Weltraum fliegen lassen sollten, streikte ich, das war doch total unrealistisch.

Als wir unser schönstes Ferienerlebnis malen durften und ich ein Titelbild der ›Fußballwoche‹ abmalte, kam ich mit der Zeit in Verzug, weil ich mit Bleistift jeden Grashalm einzeln skizzierte, wie sollte man sonst Rasen hinbekommen? Wir saßen konzentriert da, und ab und an hörte man ein Mädchen sagen: »Ick fang noch mal von vorne an«, die Mädchen waren nie zufrieden. Die Lehrerin schlich um uns herum und machte unsere Arbeit in Sekunden zunichte, indem sie sich den Pinsel schnappte und ins Bild pfuschte. Sie hätte sich lieber darum kümmern sollen, uns die vertrackte Fleischfarbe zu mischen, die man nie hinbekam. Es gab sie nicht im Tuschkasten und nicht in den Wasserfarben. Bei jedem sahen die Gesichter deshalb anders aus, mal mehr rötlich, mal mehr bräunlich. Die Farbe für die Augen verschwamm darauf zu einem grauen Klecks. Manche malten, um das Problem zu umgehen, lieber gleich Kinder aus Mosambik.

Zu Thälmanns 100. Geburtstag sollten wir jeder ein Plakat entwerfen. Ich schnitt ein Bild von Thälmann aus der ›Jungen Welt‹ aus, bastelte mir eine gelbe Sonne als Hintergrund und ließ das Ganze vor einer wehenden roten Fahne prangen. Darunter schrieb ich in ausgeschnittenen Buchstaben: »Ernst Thälmann, 100 Jahre, Rot Front!« Mumpi, der neben mir saß, war total unmotiviert. Ein paar Stunden brachte er rum, ohne etwas zu machen, aber in der letzten Stunde bekam er plötzlich Panik und fing an, in meinen Resten nach Verwertbarem zu suchen. Ich hatte noch meine erste Sonne, die mir nicht so gelungen war und aussah wie eine Amöbe. Er hatte dasselbe Thälmann-Bild aus der Zeitung ausgeschnitten und nahm dieselbe wehende rote Fahne als Hintergrund. Nur für die Buchstaben war es schon zu spät, es hatte schon geklingelt. Meine übriggebliebenen Buchstaben reichten nur noch für »100« und »Thälmann«. Sie waren allerdings so schlecht ausgeschnitten, daß es nicht wie eine Losung aussah, sondern wie das Bekennerschreiben eines Entführers. Ich schlug ihm vor, »Thälmanns 100.« zu schreiben, aber es war schon zu spät, das fehlende »s« auszuschneiden, er schaffte nur noch einen Punkt. Er klebte seinen Thälmann schnell auf seine gelbe Amöbe und darunter die Losung: »100. Thälmann«. Bei der Zensurenvergabe hielt die Lehrerin zwei fast identische Plakate hoch. Für meins wurde ich gelobt, und für sein Kunstwerk bekam er eine schlechte Zensur, obwohl das im Zeitalter seiner technischen Reproduzierbarkeit gar nicht mehr zu rechtfertigen war.

Ich will kein Kind von mir

Ich erhole mich gerade von einer Virusinfektion, als es an der Tür klingelt und jemand mir etwas verkaufen will, weil die Telekom die Preise für Ferngespräche senkt. Wie bitte? Das verstehe ich nicht. Führen sie denn viele Ferngespräche? Höchstens mit meiner Mutter, aber die ruft immer selber an. Na, dann kommt das für Sie gar nicht in Frage. Ach so, auf Wiedersehen. Ich erhole mich gerade zum zweiten Mal, als meine Mutter anruft: »Im Mannheimer Morgen stand, Britney Spears soll jetzt einen Spagat machen.«

»Was?«

»Zwischen Anspruch und Kommerz, und daß sie die Ausstrahlung einer Schaufensterpuppe hat. Wollte ich dir nur mal sagen.«

Ich erhole mich gerade zum dritten Mal von einer Virusinfektion, als es an der Tür klingelt. Der kurze Ton, bei dem man noch Zeit hat, sich anzuziehen und aufzuräumen, bis der Besuch die Treppe vom Seitenflügel gefunden hat.

»Hallo, hier ist Monica.«

»Komm doch rauf, du mußt nur die Treppe vom Seitenflügel finden.«

»Nein, komm lieber runter, ich hab den Kinderwagen dabei.«

»Kinderwagen? Hast du denn Kinder?«

»Beeil dich.«

Ich gehe runter und ziehe mich unterwegs an. Es stimmt, ich habe Monica seit einem Jahr nicht gesehen, das reicht für ein Kind. Wir gehen spazieren.

»Willst du mal schieben?«

»Doch nicht hier, vor all den Leuten.«

An der Ecke versuche ich es doch mal, obwohl es ein altmodischer Kinderwagen mit vier Rädern ist. So einen würde ich mir nie kaufen, wo es doch jetzt diese mit drei Rädern gibt, mit denen man auch joggen gehen kann. Immer wenn wir einem anderen Mann mit Kinderwagen begegnen, hupe ich und grüße mit der Hand wie ein Busfahrer. Trotzdem gefällt mir das nicht. Ich glaube, ich kaufe mir auch keinen mit drei Rädern, sondern lieber ein kleines Auto mit Fernsteuerung. Da kann man sich dann auf eine Bank setzen und das Kind durch den ganzen Park fahren lassen.

An der Ampel bleiben wir stehen, und ich sehe mir Monicas Kind zum ersten Mal an.

»Das ist ja süß! Ist es ein Mensch?«

»Sie heißt Conchita.«

»Hallo Conchita, ich finde es völlig hirnrissig, daß Erwachsene mit Kindern immer so albern reden, als seien es Behinderte. Und dann fangen die Kinder irgendwann selber an so zu reden, weil sie wissen, daß die Erwachsenen das süß finden und ihnen was dafür schenken. Wir machen das nicht so, okay?«

Das Kind bewegt die Lippen, aber es antwortet nicht, es öffnet nicht mal die Augen. Vielleicht ist es doch behindert.

Wir setzen uns in ein Café, in das ich nie wieder gehen wollte, weil ich mich dort beim letzten Mal wie im Kindergarten gefühlt hatte. Alles war voller lärmender Gören, die um die Tische rannten und Einkriegezeck spielten. Irgendwann kam eine Mutter mit einem Dreijährigen, der mein Basecap im Mund hielt: »Hier, das wollte der Thorben Ihnen zurückbringen.«

Conchita liegt auf dem Rücken und kann sich nicht bewegen, weil sie mit ihrem ganzen Körper in einer Art Zwangsjacke steckt. Sie kann nur schreien. Monica macht die Zwangsjacke auf und holt das Kind heraus, das unter der Zwangsjacke noch eine andere Zwangsjacke trägt. Jetzt bekommt das Kind eine Flasche Milch in den Mund geschoben und trinkt sie schneller aus als ich meinen Kaffee, weil es lieber wieder schreien will.

»Das ist ja wirklich ein süßes Kind. Die hat ja sogar schon Haare an manchen Stellen auf dem Kopf«, sage ich zu Monica.

Ich spüre, wie ich schwach werde. Ich bin ja ein sehr kinderlieber Mensch, und das 24 Stunden im Jahr. Monica erzählt mir von dem Glücksgefühl bei der Geburt. Von der anschließenden fiebrigen Brustentzündung. Wie ihr Freund sich beschwert hat, weil er alles machen mußte und sie immer nur im Bett rumlag. Wie ihre Schwiegermutter helfen kam und sich mit Monicas Freund ins Nebenzimmer setzte, wo die beiden rauchten und über sie lästerten.

Als Monica vorschlug, mit dem Kind zu ihrer Mutter nach Spanien zu fahren, sah ihr Freund nicht ein, daß sie Urlaub machen wollte und er weiter arbeiten gehen mußte. Ich gucke mir das süße Würmchen an, das von all dem nichts ahnt.

»Guck mal, das erinnert mich an ›Der Exorzist‹, nur daß dem Kind da *grüne* Sauce aus dem Mund kam«, sage ich zu Monica.

Conchita spuckt tatsächlich noch Stunden nach der Fütterung eine weiße Substanz aus, die Milch, die sich im Bauch offenbar in Pudding verwandelt hat.

»Willst du sie mal halten?« fragt mich Monica.

»Und wenn sie runterfällt?«

»Ach, der Arzt sagt, das soll gar nicht so schlimm sein, weil der Kopf noch total weich ist.«

Beruhigt nehme ich das Kind in den Arm, und es ist sofort still. Ein Papa ist eben doch spannender als eine Mutter. Die ist schließlich immer da und der Papa nur zu Weihnachten und zum Geburtstag. Die Erziehung ist gar nicht so schwer: Immer wenn Conchita das Gesicht verzieht, weil sie gleich schreien wird, muß man sie schütteln, dann hört sie sofort wieder auf, weil sie keine Luft mehr kriegt. Leider passiert das ungefähr alle fünf Minuten. Ich hatte gedacht, ich sollte sie nur mal halten, aber Monica will sie gar nicht mehr zurückhaben. Sie genießt es sichtlich, einmal ohne Kind dazusitzen. Ich kenne dieses Gefühl, gleich werde ich mich ihm wieder ganz hingeben. Ich reiche Monica ihr Kind über den Tisch.

»Die Elefantenbabys können doch gleich nach der Geburt laufen. Warum schaffen das die Menschen nicht? Ist das eine Zivilisationskrankheit?«

»Jetzt macht sie groß«, sagt Monica.

»Riecht man das?«

»Nein, das spürt man.«

»Wieso, das Gewicht kann sich doch nicht ändern.«

»Aber hier unten wird es wärmer.«

Langsam verstehe ich, warum »Ich hab heute die Kinder« bei manchen fast so traurig klingt wie »Ich hab heute die Krätze«.

Zu Hause rufe ich meine Mutter an und frage sie, ob ich als Kind auch einfach nicht aufs Klo gegangen bin. Von dem, was sie mir daraufhin erzählt, glaube ich ihr kein Wort.

Die Nacht der Poeten, featuring »Wie James Bond mal versagte«

Die Deutsch-Amerikanischen Institute sind ein Überbleibsel aus der Zeit des kalten Krieges, sie haben aber nichts verlernt. Sie sind ein bißchen das Pendant zur Deutsch-Sowjetischen Freundschaft, eine der Massenorganisationen, deren Mitgliedschaft keine besonderen Vorteile brachte und als einzigen Nachteil die Freundschaftsnachmittage, an denen man russisches Konfekt essen mußte.

In Heidelberg wird vom DAI jedes Jahr eine »Night of the poets« veranstaltet, zu der ich diesmal eingeladen bin. Ich habe noch Zeit und gehe auf einer Straße, die gar kein Ende nimmt, immer geradeaus durch die Stadt. Nach 20 Minuten reicht es mir, und ich gehe denselben Weg wieder zurück. Irgendwann müßte man mit diesen ganzen Städten da unten mal kurzen Prozeß machen. Unterwegs entdecke ich meinen Namen auf einem Plakat, allerdings viel kleiner gedruckt als der Name eines alten Bekannten, um den sich die anderen Namen gruppieren. Und ist meiner nicht sogar ein bißchen schief gesetzt? Kein Wunder, daß nur 60 Zuschauer kommen, denn der alte Bekannte ist ein DDR-Protestsänger. Vielleicht liegt es auch an den 20 Mark Eintritt. »Was wäre ein Frühling, der nicht poetisch eingeleitet würde?« Diese Frage stellt der Chef in den Raum, aber er erwartet von uns keine Antwort, es war wahrscheinlich auch nicht wirklich als Frage gemeint. Frühling und Poesie, das sind schließlich nur zwei Seiten derselben Medaille.

Wir sollen »leicht erotische Texte« lesen, was mir Kopfzerbrechen bereitet hat, weil ich selten etwas »leicht« Erotisches erlebe. Seltener erlebe ich eigentlich nur etwas »schwer« Erotisches. Aber die erste Leserin legt sofort leicht erotisch los mit einer Erzählung, deren Höhepunkt der Satz »Allmählich ergriff eine ziellose Unruhe von ihr Besitz, eine Unruhe, die irgend etwas mit Sehnsucht zu tun hatte« war. Wer beschwert sich eigentlich, daß Kinder von den Teletubbies verdummen? Dann können sie das wenigstens im späteren Leben nicht mehr tun.

Als nächstes singt der Protestsänger. Wohin kann er eigentlich noch abgeschoben werden? Er ist erstaunlich gut gelaunt, allerdings nur, solange er nicht singen muß. Dann leidet er stellvertretend für uns alle unter seinen Liedern. Aber er kann da vorn nicht weg, weil er sich in seinem Bandoneon verheddert hat. Vor mir sitzt ein ernster Herr mit grauem Haar, der sich zu langweilen scheint. Aber wer 20 Mark zahlt, bleibt bis zum Schluß. Erst als ich meine Geschichte vorlese, nutzen die Leute die Gelegenheit, um sich draußen mal kurz die Beine zu vertreten:

Wie James Bond mal versagte

James Bond hatte seinen Eltern eigentlich nie böse sein können, obwohl sie ihm mit dem Namen ein dickes Eigentor ins Nest gelegt hatten. Er hätte ja lieber Lutz Lehmann geheißen, dann wäre er nicht so oft verprügelt worden auf der Berufsschule. Da irrte er allerdings; er wäre immer verprügelt worden, auch wenn es ihn gar nicht gegeben hätte. »Wer hat angefangen?« fragten die Lehrer. »Aha, James Bond mal wieder. Na, das überrascht mich nicht. Du mußt auch immer mit dabei sein.« Er war so klein, daß er unter alles druntergucken konnte, das war seine Stärke. Immer, wenn mal wieder irgendwo druntergeguckt werden mußte, rief man ihn, und er ließ eine Kostprobe seines Könnens aufblitzen. Seine Eltern wünschten sich aber einen größeren Sohn, weil sie sich immer bücken mußten, um ihm eine zu kleben. Sie mischten ihm deshalb Wachstumshormone in seine Sägemehlflakes, die er immer mit den Bierresten vom Abend zum Frühstück bekam. Davon wuchs er auch tatsächlich ein bißchen, aber vor allem wog er schnell das Dreifache. Die Eltern dachten, er mache das mit Absicht, und gaben ihm zur Strafe Stubenarrest. Alle anderen Kinder spielten Räuber und Gendarm, aber er durfte nicht mal als Geisel mitspielen und saß statt dessen zu Hause und überlegte, warum er so dick und häßlich war. Aus dir wird nie was, James, sagte seine Oma. Aber ich hab dich trotzdem lieb. Komm, guck noch mal wie ein Nilpferd, das ist immer so lustig.

Währenddessen kaute Elizabeth Taylor im zehnten Stock eines

Hochhauses in Hellersdorf an ihren Fingernägeln. Fingernägel waren das einzige, was ihr ihre Eltern zu essen gaben. In ihrer Klasse konnte nur sie ihren Namen nicht aussprechen, deshalb hatte sie sich den Spitznamen Eli ausgedacht, aber niemand machte mit, alle nannten sie nur Lieschen Modermöse. Ihre Eltern sparten sich die Mühe, sie sexuell aufzuklären, weil sie nicht damit rechneten, daß Elizabeth dieses Fachwissen jemals benötigen würde. Sie war so phlegmatisch, und sie roch so komisch aus dem Mund, daß ihr auf der Straße von unachtsamen Passanten Bananenschalen ins Gesicht geworfen wurden, weil sie sie für einen Mülleimer hielten. Elizabeth Taylor war aber nicht nur häßlich, sondern außerdem so dumm, daß sie es für eine Freundlichkeit hielt und sich artig bedankte. Darüber erschraken nun wieder die Passanten, weil ein Mülleimer, der sich bei einem bedankte, erstmal ziemlich komisch kommt. Manche schimpften auch über diesen neumodischen Quatsch, aber andere fanden es eigentlich ganz okay und dachten sogar kurz nicht über ihren nächsten Selbstmordversuch nach.

Eines Tages mußte James Bond irgendwo langlaufen, weil ihn seine Eltern irgendwo hingeschickt hatten. Er hatte eigentlich nicht richtig verstanden wohin, aber das machte nichts, er hätte es sowieso gleich wieder vergessen. Und wie er so ging und ging und unter alles druntergucckte und durch nichts durchkam, sah er Elizabeth Taylor an einer Straßenecke stehen mit einer zerknüllten BZ im Ausschnitt, einem Kaugummi an der Brille und einem Joghurtbecher im Haar. Natürlich verliebte sich James Bond sofort in sie, so etwas Schönes hatte er nämlich noch nie gesehen. Weil er sich nicht traute, sie anzusprechen, faßte er ihr an den Po. Mmh, sie roch so schön nach saurer Milch. Elizabeth Taylor wußte gar nicht, wie ihr geschah, sie schlug die Augen auf und fragte sich, ob andere dieses Gefühl auch kannten, wenn einem die Brust platzt vor Glück. Sie strich sich ein paar alte Kondome aus dem Haar und lächelte. Da bekam es James Bond mit der Angst zu tun, er dachte nämlich, sie wolle ihn beißen. Er rannte, so schnell er konnte, aber er war so schwerfällig und langsam, daß er sich statt vorwärts rückwärts bewegte, und, weil er zuviel Schwung genommen hatte, nicht mehr anhalten konnte, bis er irgendwann starb. Elizabeth

Taylor aber würde ihr ganzes Leben lang nach diesem flüchtigen und intensiven Gefühl des Glücks suchen, das ihr einmal zuteil geworden war.

Danach sagt meine Mutter: »Du hättest die Figuren vielleicht anders nennen sollen, das glaubt hier doch keiner, daß jemand seinen Sohn James Bond nennt. Außerdem wissen die nicht, was Hellersdorf ist und daß dort solche Menschen leben.«

»Aber Mutti, meinst du, ich denke, irgendwo leben Menschen, die anderen Menschen Bananenschalen ins Gesicht werfen, weil sie sie mit dem Mülleimer verwechseln?«

»Deshalb mußt du es ja vorher erklären. Hier kennt doch den Osten keiner.«

Nach mir ist ein russischer Lautpoet dran. Ich hatte den Mann schon die ganze Zeit im Verdacht gehabt, ein Russe zu sein, allerdings wäre ich nicht so weit gegangen, ihn einen Lautpoeten zu nennen. Er trägt einen häßlichen, hellblauen Anzug und Gedichte vor, die man praktischerweise nicht übersetzen muß. In einem davon führt er uns nur mit der Gewalt seiner Silben in die Welt der chinesischen Goldfische ein. Dann kommt eine Dichterin, die aus einem Buch vorliest, in dem jede Seite mit dem Satz »Als ich das erste Mal mit einem Jungen im Bett lag, war es Hieronymus Bosch« beginnt. Sie liest diesen Satz zwanzig Mal, bis wir ihn endlich in seiner ganzen Tiefe verstehen. Man beobachtet an ihr dabei eine gewisse vorauseilende Beleidigtheit, weil sie sicher alle für verrückt erklären, so einen Text zu schreiben. Sie ist nicht darum zu beneiden, daß sie nach mir lesen muß, aber immerhin muß sie nicht nach mir die Bühne bohnern. Jemand fragt mich, ob mir mein Zimmer gefällt, ja, sage ich, es gibt nur keine Minibar. »Ach, darüber hat sich Blixa Bargeld auch beschwert, als der hier gelesen hat.« Na ja, vielleicht wird ja jetzt was dran geändert, wenn sich Jochen Schmidt drüber beschwert.

Jetzt liest eine Frau endlich etwas Erotisches vor. Bei wieviel Zuschauern ist es eigentlich peinlich zu gehen, und bei wieviel ist es noch peinlicher, wenn man bleibt? Wir hören eine der im erotischen Fach seltenen Zahnarztphantasien: »Erst nahm er den dünnen Bohrer, dann den dicken.« Dem folgen »23 Gründe, warum eine Frau mit einem Mann schläft«. Komische Frage, weil er Bock hat natürlich. Der Originaltitel, sagt sie, sei dem Verlag zu hart gewesen, er habe »23 Gründe, warum eine Frau mit einem Mann vögelt« gelautet. Zensur in Deutschland, immer noch nicht vom Tisch. Anschließend führt der Lautpoet, der inzwischen schon ziemlich betrunken ist, Faust auf russisch als Obertongesang auf, dann Faust auf russisch im Stil eines Muezzins. Irgendein Parfüm riecht hier wie irgendeine Frau, denke ich. Noch als er die Bühne verlassen hat, setzt er den muslimischen Gesang fort, jetzt mit Goethes gesammelten Werken. Eine Folkband spielt auf, und der gelangweilte, grauhaarige Mann, der so geduldig ausgeharrt hatte, schwingt die Beine und tanzt alle in Grund und Boden.

Betrunken im Hotelbett gelandet, habe ich die Wahl, ob ich fernsehen oder mein Spiegelbild betrachten will. Wie immer im Leben kann ich mich nicht entscheiden. Ich denke kurz daran, daß ich vielleicht auf dem Laken liege, auf dem Blixa Bargeld onaniert hat, weil es keine Minibar gab, aber bevor meine Lippen das kostbare Naß suchen können, schlafe ich ein.

Nicht alle Tiere sind so dumm, wie sie aussehen

Der Zwerglemur
hat zu seiner Verteidigung die einzigartige Fähigkeit entwickelt, seinen Kopf um mehr als 360° drehen zu können. Nachts fängt er mit seinen großen, unschuldigen Augen auch noch den schwächsten Lichtstrahl ein und behält dank seines flexiblen Halses die Gefahrenquelle bei jeder ihrer Bewegungen im Blick. Doch jedes Tier hat seinen Jäger, und das ist im Fall des Zwerglemurs der Dschungelhund, dessen Vorfahren den Zwerglemur so lange beobachtet haben, bis es ihnen gelang, eine Technik zu entwickeln, mit der sie ihn doch fangen konnten. Der Dschungelhund läuft nämlich mit gleichmäßigem Tempo so lange um den Zwerglemur herum, bis dessen Hals sich um mehr als 360° gedreht hat. Dann müßte er eigentlich wieder einmal zurückschnipsen, aber jetzt macht der Dschungelhund einen kurzen Satz und der Lemur, der ihm mit den Augen folgen will, überdreht sich das Genick, bekommt einen Erstickungsanfall und fällt wie ein Stein vom Baum auf den Boden, wo ihn der Dschungelhund genüßlich zerfleischt.

Die Käfermutter
baut unter der Erde große Mistkugeln, in die sie ihre Eier verpackt. Sie schleppt den ganzen Tag Mist heran, und die Kugeln werden immer größer. Sie muß sich aber beeilen, noch vor der Regenzeit fertig zu sein. Meistens schafft sie es gerade, bevor die ersten Tropfen fallen. Doch die Natur gönnt ihr nicht die Zeit, sich nach getaner Arbeit zurückzulehnen, denn kaum, daß ihre Mistkugeln fertig gerollt sind, fällt sie tot um. Direkt neben den Mistkugeln bleibt sie auf dem Rücken liegen, und niemand dankt ihr ihre Mühe. Die Regenzeit überstehen die Kugeln sicher in der Erde, aber wenn es wieder trocken wird, kommen die Nasenbären und wühlen überall nach leckeren Mistkugeln, die ihnen so gut schmecken wie uns Menschen Ferrero Rocher. Wenn es dumm läuft, werden die ganzen

Käfer gefressen, noch bevor überhaupt daran zu denken ist, daß sie einmal das Handwerk des Mistkugelnrollens erlernen können. Dann ist die Käfermutter ganz umsonst gestorben.

Der Wüstenmarder

Viele Tiere haben sich im Lauf der Evolution an harten Vogeleiern die Zähne ausgebissen. Das liegt nicht nur an ihrer Härte, sondern vor allem an ihrer Form, die so einfach und vollkommen ist, daß sie sich zum Zerbeißen nicht eignet. Die Schlange ging deshalb soweit, ihren Kiefer ausklappbar zu gestalten, um das Ei im Ganzen zu verdauen. Sie macht sich mit ihrem Gnubbelbauch natürlich zum Gespött der anderen Tiere. Da kann sie noch so böse zischeln, mit einem Ei im Bauch sieht sie einfach lächerlich aus. Der Wüstenmarder hat eine viel bessere Technik entwickelt. Er packt das Ei mit den Vorderpfoten und katapultiert es unter seinem Bauch hindurch gegen einen von seiner Frau bereitgelegten Stein. Nur dieser Fähigkeit verdankt der Wüstenmarder seine privilegierte Stellung unter den Mardern. Mit aller Geringschätzung kann er auf seinen Verwandten, den Baummarder, herabsehen, der sich lange Zeit nicht zu dumm war, die Eier einfach vom Baum zu werfen und hinterherzufallen. Die wenigen überlebenden dieser Methode ernähren sich heute bekanntlich vom Starterkabel westlicher Autos, weshalb manche Autobesitzer Knoblauchsäckchen unter die noch warme Motorhaube legen. Um sie in dem Glauben zu lassen, Knoblauch sei ein Mittel gegen ihn, vermeidet es der Baummarder, diese Kabel anzuknabbern. Eines Tages wird er es trotzdem tun, und auf die Überraschung freut er sich jetzt schon so sehr, daß man ihn manchmal nachts in seinem Domizil über dem Hühnerstall höhnisch kichern hört.

Das Wollschaf

Wenn man sich einem Schaf nähert, fängt es an zu pinkeln. Es verwendet am Ende seiner evolutionsgeschichtlichen Entwicklung immer noch diese alte Grußformel, die einmal bedeutet hat: Komm her, ich war gerade auf dem Klo und habe Zeit für dich. Vielleicht bedeutet sie aber auch: Komm nicht her, ich renne sowieso schneller als du, ich habe nämlich gerade Ballast abgeworfen. Es gibt freundliche Schafe, die einem nicht wegrennen, die aber auch immer ein wenig geistig zurückgeblieben wirken, und es gibt solche, die genau in dem Moment wegrennen, wenn man sich herangepirscht hat und fast auf ihre Kette treten konnte. Dann machen sie sich davon, bleiben mit genügend Abstand stehen und sehen einem mit ironischem Gesichtsausdruck dabei zu, wie man sich wieder heranpirscht. Man fragt sich dann immer, ist dieses Lächeln noch ironisch gemeint oder schon zynisch?

Guppys
können sich nicht verteidigen, sie haben nämlich keine Zähne. Ihre einzige Chance ist, sich schneller zu vermehren, als man sie ins Klo kippen kann. Das schaffen sie auch, weil ihnen jeder Sinn für Höheres fehlt. Sie würden zum Beispiel nie auf die Idee kommen, daß es jenseits ihrer beschränkten Existenz noch viel mehr Wasser gibt mit viel größeren Fischen, die auch gar nicht unbedingt alle durchsichtig sind. Das übersteigt die Vorstellungskraft eines Guppyhirns, das sich im Lauf der Evolution völlig zurückgebildet hat und nur noch an die Fortpflanzung denkt. Deshalb endet in der Guppysprache auch jeder Satz mit »Ficken«. »Schönes Wetter heute, ficken?« »Hätten Sie Lust, einen Blick in meine Laichgrotte zu werfen, ficken?« Wenn ein Guppyfischchen so schlimm erkrankt, daß es nicht mehr weiterleben wird, fangen die anderen an, an ihm rumzuknabbern. Es sind nämlich herzlose, dumme Tiere, die auch nur sich selbst schmecken.

Der Grottenolm
rutscht immer ab, wenn er die glitschigen Grottenwände raufklettern will. Er ist der einzige Nachfahre einer Dinosaurierfamilie, die einmal in so ein Höhlenbecken geplumpst ist und nicht mehr herauskam. Weil er nie die Sonne gesehen hat, ist er auch nicht größer geworden und ganz weiß geblieben. Deshalb hat er auch keine Augen, sonst würde er sehen, wie dunkel es in der Grotte ist, und sich fürchten. Manchmal kommen Menschengruppen zu Besuch und versuchen, ihn mit Geldstücken, Brotkanten, Papiertaschentüchern und Flaschendeckeln anzulocken, aber er hat Angst vor ihnen und versteckt sich solange in einer Stalaktitenfalte. Da er nichts erlebt,

wird er auch nicht älter und infolgedessen nie sterben. Deshalb verbringt er seine Tage damit, die Grottenwände nach einer Stelle abzusuchen, an der er vielleicht doch raufklettern könnte, um sich von dort in die Tiefe zu stürzen. Er hat es nämlich satt, für alle nur der Grottenolm zu sein.

Die Pinguine
auf den Falklandinseln fielen mysteriöserweise immer reihenweise auf den Rücken. Jetzt hat man den Grund dafür herausgefunden: Wenn die englischen Jagdflugzeuge über sie hinwegflogen, hoben die Pinguine neugierig den Kopf und versuchten, ihnen nachzusehen. Dabei verloren sie, wenn sie den Flugzeugen mit den Augen zu folgen versuchten, das Gleichgewicht und fielen nach hinten um. Da sie immer dicht beieinanderstanden, fielen nach dem Dominoprinzip immer gleich ganze Pinguinkolonien um, wenn ein englisches Jagdflugzeug über die Falklandinseln flog.

Schlecht in Englisch – Rock me, I'm a dumb ass

Die DDR hat uns an die russische Sprache festgekettet und unser Englisch verkümmern lassen. Dadurch waren wir auf die russischen Nachrichten angewiesen, weil wir die englischen nicht verstanden. Dadurch bekamen wir natürlich alles erst Jahre später mit, weil die russischen Transistorradios viel langsamer waren als die japanischen. Und aus dem Grund war uns auch die englische Beatmusik nur als Musik zugänglich, die Texte entfalteten vor unserem Geist gar nicht ihren eigentlichen Sinn. Jeder verstand ein bißchen, aber an bestimmten Stellen scheiterten alle. Bei »Hey Music auf SFB 2 mit Jürgen Jürgens« gab es immerhin eine Rubrik, in der Hörer ihre Übersetzungen vorstellen konnten: »Ich bin ein materielles Mädchen, ich bin ein materielles Mädchen, heut nacht bin ich ein materielles Mädchen.« Das hat uns ein Stück weit die Augen geöffnet, aber bei den anderen Songs war man trotzdem auf sich gestellt. Ich habe nie verstanden, was in »All you need is love« am Ende gesungen wird: »All you need is love, bum-bu-du-du-dumm, all you need is love, bum-bu-du-du-dumm, all you need is love, love«, und jetzt? »Fradeldaundeldidi«? Oder Kajagoogoo »Shai shai husch husch ayouai«, das klang schon fast arabisch. Es war oft noch nicht einmal möglich, sich über die Namen der Interpreten zu einigen. Es gab die Nick-Kershaw-Fraktion und die Nick-Kershill-Fraktion. Wie mir zugetragen wurde, gab es in einigen Gegenden der DDR sogar noch eine Nick-Kersher-Fraktion, die hat aber politisch kaum eine Rolle gespielt. Diejenigen, die in der Stasi waren und deshalb in der Schule Englisch lernen durften, taten so, als hätten sie diese Sprache für sich gepachtet und schauten hochnäsig auf die anderen herab. Es war auch die Zeit, in der man sich mit seinem Geschmack ins gesellschaftliche Abseits manövrierte. Es war nicht möglich, bei den Klassendiscos einen Song durchzuboxen, der nicht in den Charts war, die für uns natürlich »Charles« hießen wie der englische Prinzenkönig. Mein Argument, die Beatles hätten 300 Songs gemacht und Nick Kershaw oder Kershill nur drei, zog nicht. Und so mußte ich mit den anderen weiterrätseln, wer Harry war und warum er denn nicht zurückkam, wir fragten uns das genauso verzweifelt wie der Sänger: »Please, *Harry* why don't you come back? Please, *Harry*!« War es vielleicht ein Freund des berühmten Don Camisi?

Wir scheiterten aber oft genug schon an deutschen Textstellen: »Die Heimat hat sich schön gemacht und *taublitzt* mir im Haar.« Ja, sicher, unsere Heimat taublitzte uns allen im Haar, deshalb waren wir ja auch so scharf auf die Schlager der Woche vom SFB. Nur, hieß es beim Sonderzug nach Pankow: »Alle diese Schlageraffen dürfen da singen, dürfen ihren ganzen Stolz zum Vortrage bringen« oder »ihren ganzen *Schrott*«? Und dann diese mysteriöse Stelle bei Nena: »Ich bin total *verwehrt*, ich werd verrückt, wenn es heut passiert.« Wer hatte Nena ein so altmodisch klingendes Wort in den Mund gelegt? Beim Rockpoeten Grönemeyer mußte man natürlich auf alles gefaßt sein, aber was bedeutete die Zeile: »Männer habens *schwerlings* leicht, außen hart ...« War das ein Adverb oder so was, was wir bei uns nicht kannten? Sooft man die Songs auch hörte, man kam der Wahrheit nicht näher. Und eins ist mir erst nach der Wende erklärt worden, nämlich daß es im Sesamstraßen-Lied hieß: »Wer wie was, wer wie was, wieso weshalb warum ...« Das hat mich tief getroffen. Ich hatte nämlich immer »Bärligass« verstanden, was natürlich ein Straßenname aus dem Sesamkiez war. »Bärligass, Bärligass, wieso weshalb warum, wer nicht fragt bleibt dumm, tausend goldne Socken, die gibt es überall zu sehn, fragt man bloß Matrosen, um sie zu verstehn.«

Vier Wochenenden im Februar

1.
Ich frage mich immer, ob man wirklich ein erfülltes Leben führt, wenn man, wie Niklas Luhmann, um Zeit zu sparen, am liebsten Schokolade ißt, weil man dafür nur eine Hand braucht und die andere zum Umblättern frei bleibt. Ich jedenfalls werde immer fauler und überlege schon, ob ich überhaupt Urlaub machen soll, oder ob ich nicht denselben Effekt erreichen würde, wenn ich mich im Bett ein paar Nächte lang ans Fußende drehen würde. Immerhin räume ich nun schon seit drei Wochen am Sonnabend die Wohnung auf, so daß ich mich permanent wie im Urlaub fühle. Denn früher, wo einen nach der Schule zu Hause als erstes volle Mülleimer erwarteten, war unsere Wohnung am saubersten, bevor wir wegfuhren, damit man einen Grund hatte, sich auf die Rückfahrt zu freuen. Das Highlight ist eindeutig der saubere Kühlschrank.

Leider stört der Nachbar von oben die Idylle. Es würde mich weniger Überwindung kosten, ihn nachts um vier durch die Decke zu erschießen, statt ihn zum x-ten Mal zu bitten, seine 120 Bässe pro Minute leiser zu stellen. So sind wir eben in unserer Familie, immer ein bißchen zurückhaltend. Der Versuch, dem Krach zu entkommen und am Nachmittag im Prenzlauer Berg eine Kneipe zu finden, mit der man sich eventuell identifizieren könnte, scheitert zum wiederholten Mal. Sie müßte ja auch eigentlich leer sein. Aber das Frühlingswetter scheint die unsympathischen Menschen zu ermutigen, sich öffentlich zu zeigen. Mit sarkastischem Lächeln fahre ich den ganzen Bezirk ab, mich geht das doch schon lange nichts mehr an. Am Ende lande ich in der noch leeren neuen Wohnung meiner Schwester und versuche an »Ingo«, ihrem IKEA-Tisch, in Ruhe zu arbeiten. Ihr Freund hat mir Ohrstöpsel aus Amerika geschenkt, er hatte ein ganzes Glas davon, sie sahen aus wie grüne Schaumgummibonbons. Da ich in dieser Woche jede Nacht geweckt worden bin, lege ich mich nach wenigen Minuten im

Dunkeln auf die kalten Dielen. Mein Kopf liegt weich im Holzstaub, die Türen werden zur Zeit abgeschleift. Abends im »Schusterjungen« erzählt mir jemand von »Leseepilepsie«, einer Krankheit, bei der man zwar schreiben kann, aber vom Lesen Anfälle bekommt. Ich denke, ich habe das auch, vor allem bei meinen eigenen Texten.

Der Wirt erklärt uns, daß Ragoût fin aus Kalbfleisch besteht, Würzfleisch dagegen aus Schweinefleisch. Ich esse trotzdem Steak Hawaii und beobachte ein paar Tisch weiter den traurigen Wirt der »Schildkröte«, der ihre Bratkartoffeln nicht zum Durchbruch als Szenekneipe gereicht haben. Anscheinend geht jetzt nicht einmal mehr er selbst dorthin. Wir reden über Autos, die man sich nie leisten können wird, Frauen, die nur Typen mit Autos wollen, die Frage, ob man als Berliner etwas Besseres ist oder im Gegenteil ein Idiot.

»Wer kommt denn schon Berühmtes aus Berlin?«

»Na, Rocky, der Sohn eines sardischen Eisenbiegers.«

»Rocky...«

»Wir haben's eben nicht nötig, uns wichtig zu machen, kommen doch alle von selbst her.«

»Ich hab schon mit sechs hier im ›Schusterjungen‹ gesessen, und jetzt sitze ich immer noch hier, ist doch bekloppt.«

Ein anderer erzählt von seinem Versuch, in einer Berliner Kneipe ein Bauernfrühstück zu bestellen. »Bist du bescheuert? Die Küche is zu!« erhielt er vom Wirt als Antwort, seiner Meinung nach, weil er die Kneipe mit einer »Mütze ohne Bommel« betreten hatte. Wer traditionsbewußt speisen will, muß leiden. Die neue Zeit geht auf Plateausohlen an uns vorbei und die alte will uns nicht mehr. Manchmal frage ich mich, ob es nicht zu weit geht, daß ich, sogar wenn ich mich an meine alten Geheimnummern erinnere, nostalgisch werde.

2.

Gerade hatte mir meine Exfreundin in spe mühsam eingetrichtert, wie wichtig es sei, Frauen gegenüber auf altmodische Art höflich zu sein, da macht mir meine eigentliche Exfreundin eine Szene, weil ich ihr im Restaurant aus dem Mantel helfen will. Angeblich soll man ja in Amerika jede Frau mit einem Handkuß rumkriegen, weil das auf Amerikanerinnen so fremd und damit europäisch und sexy wirkt. In Spanien funktioniert das nicht, die Reaktion war, wie so oft: »*¡No seas hortera!*« »Sei nicht *hortera*!« Dieses spanische Wort, das sie mir nie genau übersetzen konnte und das etwas zwischen »kitschig« und »spießig« bedeuten muß, im Wörterbuch steht »hölzerner Suppennapf«. Sooft, wie sie es mir gegenüber schon gebraucht hat, könnte man vielleicht auch einfach schreiben: »Sich wie Jochen verhalten«. Die Diskussion führt dann sehr ins Detail: Ist es unhöflich von dir, daß du mir die Freude nicht gönnst, dir eine Freude zu machen (wo es doch nur vorgekaukelt ist), oder ist es unhöflich von mir, dir eine Freude machen zu wollen, obwohl es für dich gar keine ist? Mein Vergleich mit einem Weihnachtsgeschenk, über das man sich ja auch künstlich freuen muß, zieht nicht, weil sie nicht einsehen will, daß meine Aufmerksamkeit den Wert eines solchen Geschenkes hat. Darüber müssen wohl spätere Generationen entscheiden. Es wäre nur gut, rechtzeitig zu wissen, welche Frau einem an den Hals springen wird, weil man durch Türaufhalten »das Geschlechtersystem zementiert«, und welche einen sitzen läßt, weil man kein Kavalier ist. Über beide Haltungen habe ich schon lange Diskussionen geführt und dabei jeweils die Gegenposition vertreten, genau wie ich Freundinnen gegenüber abwechselnd Israelis und Palästinenser verteidige, ohne eigentlich etwas davon zu verstehen.

Die Diskussion über Staatsbürgerschaftsrecht, in die wir uns anschließend retten, nachdem wir uns ein Jahr nicht gesehen haben, gerät leider auch aus dem Ruder. Ich finde mich mit einer rechtsradikalen Position wieder, weil sie sich auf ihre linksradikale Position versteift, das Programm der PDS sei in diesem Punkt ein pathetischer Witz. Ich kenne es gar nicht und vor allem nicht auf spanisch, jedenfalls weiß ich jetzt, daß man zwischen *ciudadanía* und *nacionalidad* unterscheiden muß. Und daß es klüger gewesen wäre, ihr nicht zu verraten, daß es mich eigentlich beruhigt, daß sie meinen Bundeskanzler nicht wählen darf.

Immerhin stellen wir, kurz bevor wir uns für ein weiteres Jahr verabschieden, fest, daß wir beide immer Rod Stewart gut fanden, obwohl es peinlich war. Wenigstens eine Gemeinsamkeit, aber vielleicht zu wenig, um darauf eine gemeinsame Zukunft aufzubauen.

Die Party am Abend ist dann ein voller Erfolg, auch wenn ich bis zum Schluß bleiben muß, um das einzusehen, als nämlich der Satz »Du *hast* doch Muskeln« fällt, der mein ganzes Weltbild auf den Kopf stellt, das ja vor allem aus Vorstellungen über mich selbst besteht. Wo mich doch neulich sogar schon ein sechsjähriger Türke in der Straßenbahn eingeschüchtert hat, weil er mich böse ansah und »Fuß weg!« verlangte. Beim nächsten Mal werde ich ihm ganz anders gegenübertreten.

Der Heimweg dauert länger als gedacht, weil Berlin größer ist als nötig und ich betrunkener als geplant. Ich hatte zwar irgendwann damit begonnen, Kindl zu trinken statt Beck's, weil ich dachte, die Flaschen seien kleiner, aber dann wies mich ein Kollege und Kenner darauf hin, daß in beiden Flaschentypen 0,33 Liter waren. Daher das leichte Schwindelgefühl.

Noch abends im Bett ärgere ich mich, daß ich mit meiner Spanierin wieder über Politik geredet habe und nicht über das, was mich im Moment wirklich bewegt, daß ich nämlich meinen Kalender nicht auf Februar blättern kann, weil die Februar-Britney eine einzige Farce ist, und ich doch nicht jetzt schon den März aufschlagen kann, wo sie wieder zu ihrer alten Form finden wird.

3.

Auf dem Hof schreit ein Kind. Aber im Grunde spricht es nur aus, was ich empfinde. Denn der einzige Lichtblick in meiner Bekanntschaft bin inzwischen ich selbst, und das, obwohl ich mir aus dem Weg gehen würde, wenn ich die Wahl hätte. »Habt ihr gesehen, wie unrealistisch die Germanen in ›Gladiator‹ dargestellt sind?« Das war schon das interessanteste Gesprächsthema der letzten Party, die anderen waren künstliche Befruchtung, Arbeitsamt und 100-Meter-Rekorde aus der Schulzeit. Früher hätten wir Siedler gespielt, aber das ist uns inzwischen zu anstrengend. Während des einzigen Gesprächs mit einer Frau, natürlich einer jungen Mutti, merke ich, wie peinlich es ist, beim Trinken mit den Lippen in der Flasche hängenzubleiben und sie aus Angst vor dem schmatzenden Geräusch nicht wieder herauszuziehen. Weil man so auch nicht entspannt reden kann, bleibt man den Rest des Abends allein. Bisher dachte ich, ich wüßte, wie man auf solchen Partys einen einladenden Gesichtsausdruck vortäuscht, aber diesmal habe ich beim Blick in den Spiegel feststellen müssen, daß ich gerade so guckte wie Klaus Kinski in Cobra Verde, als er wie ein Stück Wild an einen Pfahl gefesselt auf dem Dorfplatz liegt und der verrückte Negerkönig, der den Boden vor seinem Zelt mit den Schädeln seiner Feinde gepflastert hat, ihm vor der Hinrichtung das Gesicht schwarz anmalen läßt, weil der Teufel weiß ist und man den natürlich nicht töten darf. Immerhin habe ich es nicht weit nach Hause und muß nicht aus Angst vor dem Heimweg als letzter gehen.

Am nächsten Tag holt mich ein Kollege zum Boxen ab, zweite Liga, Hertha gegen Merseburg. Das macht uns Schriftsteller eben aus, daß wir uns mit dem Alltag nicht zufriedengeben ... Der Wedding liegt nur eine S-Bahnstation entfernt, aber seit es die Schönhauser-Allee-Arkaden gibt, muß ich auch nicht zum ersten Mal ins Gesundbrunnen-Center gehen. Es sei denn, die Post verlagert das Postamt dorthin, was ihr natürlich zuzutrauen ist. Im Wedding haben sie so nah an der Mauer gelebt, daß sie sich die Plattenbauweise abgeguckt haben. Am Kiosk herrscht Meinungsfreiheit, man kann sowohl »Worschestersauce«, als auch »Wuschtersauce« zum Fleischspieß bestellen. Vom Bahnsteig Bornholmer Straße aus kann man in die winzigen Schrebergärten spucken. Ein Kirschbaum wächst im Schatten der Hindenburg-Brücke. Wer hier seine Freizeit verbringt, der schickt seine Kinder auch zum Boxtraining. Ein dicker Mann mit Halbglatze und Zopf betritt vor uns die Turnhalle, bloß keinen provozieren. Der Boxer auf der Eintrittskarte trägt einen Schnurrbart, und viele der über hundert Zuschauer sind Türken. Der Rest spricht russisch. Alle vom Fach haben eine Boxernase, Kampfrichter, Trainer, sogar manche Väter. Wir wetten auf Sieg, aber es wird schnell langweilig, weil wir immer auf die Türken setzen und nie verlieren. »Hoch die Knochen, Dennis! Dobletten!« ruft der Trainier der Merseburger, aber Dennis und seine Freunde ergeben sich ihrem Schicksal. Vielleicht sparen sie auch ihre Kräfte, weil sie am Abend noch in den »Zungenkuß« wollen. Nach den Kämpfen sehen wir sie jedenfalls hinter der Turnhalle in der Raucherecke stehen.

Nachts weckt mich der junge Mann über mir mit Tocotronic. Ironie des Schicksals, für seinen Rummelplatzrave kann ich ihn hassen, aber mit dem Hören von Tocotronic tröste ich mich doch gerade über die Existenz solcher Menschen, wie er einer ist, hinweg. Und jetzt kann ich nicht einschlafen, weil wir beide den Text mitsingen: »Alles, was ich will, ist, nichts mit euch zu tun haben!!«

Morgens im Bad denke ich, wie schön es ist, daß 24 Stunden genau reichen, damit das Handtuch wieder trocknet. Wenn der Tag kürzer wäre, würde man sich etwas einfallen lassen müssen. Auch wenn das sicher nicht der Hauptgrund dafür ist, daß er 24 Stunden dauert, so ist es doch ein angenehmer Nebeneffekt.

4.

Die Frage, ob in meiner Familie Nerven- oder Gemütskrankheiten aufgetreten sind, konnte ich nicht sofort beantworten, weil ich gerade überlegte, wie man »Arzt« schreibt und ob ich später auch so mit meinem Gebiß im Mund herumspielen werde wie die alte Frau, neben der ich im Warteraum gesessen hatte. Die nächste Frage, ob ich etwas gebrochen habe, hat mich dann restlos verwirrt, weswegen ich »schon oft« antwortete. Bin ich schon gemütskrank, weil ich jedesmal weinen muß, wenn ich die Betreiber des Eiscafés nebenan abends allein im Geschäft vor ihrer Humphrey-Bogart-Tapete fernsehen sehe? Die Tapete hatte ihnen eigentlich neue Zielgruppen erschließen sollen, aber statt dessen haben sie sogar ihre Stammkundschaft verloren, seit sie in die Tür ein »open«-Schild gehängt haben. Die Leute lesen es und kehren um, weil sie es nicht verstehen. Aber ob man krank ist oder normal, ist ja bekanntlich Ansichtssache. Ein Freund hatte zum Beispiel in einer Fabriketage in einem Friedrichshainer Hinterhof eine Ausstellung zum Thema »Ordnung or Dnung« organisiert. Jeder habe seine eigene Dnung, sie sei das Gegenstück zur ihn umgebenden Ordnung. Der Ort wirkte wie der Rückzugsbereich des wahnsinnigen Killers aus »Seven«. Auf dem Hof stand sogar eine echte Obdachlosenmülltonne zum Händewärmen. Ein Künstler hatte aus Müll eine Röhrenmaschine gebaut, die Murmeln sortierte, ein anderer ließ von den Besuchern ein Bild malen, auf dem sie ihre Dnung mit seiner konfrontierten. Ein dritter hatte auf einem Tisch Gegenstände bereitgelegt, wie man sie einfach nicht wegwerfen kann. Die Besucher machten damit, was sie wollten, das Ergebnis wurde fotografiert.

Aus einem Ammonit, einer Schale lebender Angelwürmer, einem Gefrierhuhn, einem Nashorn, einer Babypuppe und einem Gameboy wurde eine ganze Evolutionskette, man mußte sie nur entsprechend anordnen.

Eine Installation war allerdings gar nicht geplant gewesen, obwohl sie nicht hätte fehlen dürfen. Die Künstler staunten nämlich nicht schlecht, als sich herausstellte, daß die überquellende Rumpelkammer, die sich auf ihrer Etage hinter einer Tür verbarg, das Schatzlager eines echten Messies war. Er betrieb in diesem vermoderten Winkel eine private Bibliothek, die nichts Geringeres zum Ziel hatte, als das gesamte Weltwissen zu kategorisieren und allgemein zugänglich zu machen. Auf seinen Informationszetteln bezeichnete er sich als »Enzyklopädagogen«, promoviert war er auch zum Thema »Die Begriffe der Unterscheidung und Entscheidung als Prolegomena zu einer zukünftigen Enzyklopädie«. Zweifellos eine Dnung-Koryphäe.

So ein Mensch würde sicher Probleme bekommen, in die Künstlersozialkasse aufgenommen zu werden, nicht so ein Kollege, der sein Wohnungschaos einfach als »Archiv« bezeichnet. Er lädt oft Besucher ein, die sich bei ihm erstaunlich wohl fühlen, weil seine Wohnung sie von ihren eigenen Sorgen ablenkt. Ich würde auch gerne Menschen auf so eine einfache Art beglücken, aber ich finde Besucher anstrengend, weil mir die Zeit, die sie für die fünf Treppen brauchen, jedesmal zu knapp ist, um meine Teppichtroddeln durcheinanderzubringen. Wenn sie mitbekommen, daß ich sie jeden Tag kämme, müssen sie ja denken, ich sei zwanghaft. Obwohl sie das auch schon vermuten könnten, wenn sie wüßten, daß ich vor jedem Werkzeugladen stehenbleiben und lange die Bohrer betrachten muß, um mich meiner Männlichkeit zu vergewissern. Es ist sehr zeitaufwendig, aber ich habe keine andere Wahl, weil ich nicht richtig pfeifen kann.

Schriftsteller, die ich gerne wäre, Teil 2: Goethe

Goethe, wer kennt ihn nicht? Sogar im Internet findet man heute schon seinen Namen. Er war einer der wenigen Menschen, in deren Leben alles einen Sinn hatte. Schon bei seiner Geburt blieb er nicht untätig. Er starb fast, und sein Großvater, der Schultheiß von Frankfurt, ließ daraufhin den Hebammenunterricht verbessern, so daß der Säugling Goethe bis heute vielen anderen Säuglingen das Leben gerettet hat.

Auch in der Folge hat er keinen Tag ungenutzt verstreichen lassen. Und wenn gerade nichts zu tun war, hat er sich leidenschaftlich darum bemüht, der Goethe zu werden, als den wir ihn heute schätzen. Und das war nicht einmal für Goethe immer leicht, er wollte ja nicht irgendein Goethe werden, sondern Goethe. Trotzdem hätte kein anderer so ein guter Goethe werden können. Denn nur ihm flog alles zu. Wenn er Latein lernte und sein Vater der Schwester am Nebentisch Italienischstunden gab, dann spitzte Goethe, sobald er sein Pensum geschafft hatte, die Ohren und lernte heimlich mit. Er hätte dazu natürlich nicht »lernen« gesagt, sondern: »Ich faßte das Italienische, das mir als eine lustige Abweichung des Lateinischen auffiel, sehr behende.«

Da zu Goethes Zeit noch alle Texte mit der Hand abgeschrieben und von Frauen heimlich gelesen wurden, hat er sich früh bemüht, die Frauenwelt auf seine Seite zu bringen. Wo er auch war, hat er sich immer in das schönste Mädchen des Hauses oder sogar der ganzen Stadt verliebt. Er hat seine Liebe dabei so klug dosiert, daß sie genau bis zu dem Tag reichte, an dem er das Haus oder die Stadt wieder verlassen mußte. Am Ende mußte er einen eigenen Sekretär beschäftigen, der nur die Namen dieser vielen Frauen zu verwalten hatte. Er war nämlich besessen von der Angst, sich zweimal in dieselbe zu verlieben und ihr aus Versehen dasselbe Liebesgedicht noch einmal zu schenken. Ännchen, Lenchen, Lili, Riekchen, Lottchen, wer sollte da noch durchsehen, zumal die Frauen zu Goethes Zeit noch keinen Nachnamen hatten, und da es keine Fotografien gab, hatte man nach zwanzig Jahren kaum eine Chance, jemanden wiederzuerkennen.

Von Jugend an hat sich Goethe immer wieder umbringen wollen, um zu sehen, was dann passierte, aber jedesmal ist ihm im letzten Moment ein Vers eingefallen, oder die Arbeit an seinem Abschiedsbrief zog sich in die Länge oder es gab abends Pflaumenkuchen oder einen neuen Sonnenfleck zu beobachten. So ging das über 80 Jahre, und am Ende hat er sein Vorhaben entnervt aufgegeben. Dafür ist sein Sohn dann in die Bresche gesprungen.

Goethes Vater hat sich nie klargemacht, daß er es seit Goethes Geburt mit Goethe zu tun hatte, und statt die Gelegenheit zu nutzen, eine Koryphäe der Goetheforschung zu werden, hat er ihn auf pedantische Art zu erziehen versucht. In den Briefen, die ihm Goethe vom Studium aus Leipzig schrieb, fand Goethe zu Hause mit roter Tinte ausgeführte Rechtschreibkorrekturen. Die Skizzen, die Goethe anfing und gelangweilt liegenließ, klebte der Vater in große Bücher, um ihn zu motivieren, sie zu vollenden. Wenn zu Weihnachten ein Buch vorgelesen wurde, mußte es beendet werden, auch wenn man sich aus Versehen die Geschichte der Päpste gegriffen hatte.

Der Vater selbst hatte nicht viel zu tun, er schrieb seit Jahren an den Erinnerungen an eine Italienreise, die er als junger Mann unternommen hatte. Er brauchte so lange, weil er sie auf Latein schrieb und selbst ins Italienische übersetzte, aber schon vergessen hatte, was eigentlich passiert war. Im ganzen Haus hingen Stiche mit italienischen Motiven, die er mitgebracht hatte, deshalb fehlte Goethe lange jede Lust, nach Italien zu fahren, was sich später ändern sollte. Damals war Italien aber auch noch nicht das Italien, das wir kennen, sondern Goethes Italien.

Jeder Schritt, den Goethe in der Welt unternahm, hat zu seiner und zu ihrer Vervollkommnung beigetragen. Es war ihm gar nicht möglich, einmal etwas Überflüssiges zu tun. Sogar seine Krankheiten verliefen interessanter als bei anderen. Und jede seiner Marotten löste eine literarische Bewegung aus. Stieg er auf das Straßburger Münster, wurde die gotische Architektur wiederentdeckt. Malte er den Blick vom Sankt Gotthard, waren Alpinismus und Romantik geboren. Schrieb er ein Buch über einen Selbstmörder, brachten sich alle begeistert um.

Da er mehr als alle anderen Deutschen gesehen und gelernt hat, verfügte Goethe am Ende seines Lebens über den größtmöglichen Wortschatz und war imstande, ganze Gespräche zu führen, denen nur er selbst folgen konnte. Er ließ sie vorsorglich von einem Sekretär aufschreiben.

Goethes einziger Kummer war, daß er sich nie entscheiden konnte, ob er lieber Wissenschaftler oder Schriftsteller sein wollte. Er zog sich auf echt Goethesche Art aus der Affäre, indem er beides wurde. Heute wäre er natürlich auch noch Liedermacher.

Wie ich mal gelogen habe

Neuerdings habe ich einen Grund mehr, mich vor dem Einkaufen zu fürchten, ich hätte nicht gedacht, daß ich das noch mal erleben dürfte: eine hübsche Kassiererin. Ich habe in den letzten Jahren schon viele junge Kassiererinnen frühzeitig vergreisen sehen, aber so hübsch war noch keine. Ich stand zufällig in ihrer Schlange und überlegte sofort, ob das, was ich im Begriff war, ihr aufs Band zu legen, ihr Interesse wecken könnte. Aber es war seltsam, ich hatte heute zufällig russische Eier im Korb, ein Glas Gurken, drei Büchsen Bier, und eben hatte ich noch die neue Ausgabe von »Russki Berlin« dazugelegt, damit ich die alte endlich wegschmeißen könnte, in die ich nie hineingesehen hatte. Die junge Frau mußte mich für einen Russen halten. Sie verbarg ihre Überraschung hinter dieser subalternen Gleichgültigkeit, die mein Interesse nur noch anstachelt.

Beim nächsten Mal war ich vorgewarnt. Ich wollte eigentlich nur ein Brot und ein paar Tomaten kaufen, aber da sie wieder an der Kasse saß, mußte ich ihr schon ein bißchen mehr bieten. Ich kaufte nicht den A&P-Camembert, sondern den guten, der mir gar nicht schmeckt. Ich kaufte nicht die geliebten 5 Minuten Terrinen, sondern einen Blumenkohl und Paniermehl, denn ich konnte kochen. Ich überlegte, ob ich mir eine neue Glühbirne kaufen sollte, weil meine kaputtgegangen war, aber ich wollte nicht, daß sie mich für eine langweilige Leseratte hielt. Deshalb kaufte ich eine 25 Watt Birne, die zu dunkel zum Lesen war und nicht zu hell zum Sex. Ich kaufte keine Bierbüchsen, sondern einen Rotwein für 8 Mark. Ich ging sogar so weit, nur eine Tomate zu kaufen statt zwei, um deutlich zu machen, daß ich allein und noch zu haben war, obwohl das vielleicht schon eine Spur zu aufdringlich wirken mußte.

Damit ausgerüstet stellte ich mich in ihrer Schlange an, obwohl die andere kürzer war, und beobachtete sie dabei, wie sie, ohne sich etwas anmerken zu lassen, angestrengt über mich nachdachte. Ein junger Russe, der selber kocht und keinen Wodka trinkt, sondern Rotwein, der jeden Tag zweimal bei Kaiser's in der Schlange steht und so hilflos ist, daß er einen einfachen Satz wie »Heute sind nur große Tüten« nicht gleich versteht. In Rußland kommen die Verkäuferinnen in der gesellschaftlichen Hierarchie ja noch gleich hinter den Börsenmaklern, und die meisten russischen Männer sind verlottert, wenn man aber einmal einen von den anderen erwischt, dann kann er mehrere Instrumente spielen, geht für seine Frau durchs Feuer und lernt im Bus Goethes Faust auswendig, obwohl er gar nicht Deutsch kann. Was für ein Glück, schoß es ihr durch den Kopf, gerade erst habe ich in dieser Filiale angefangen und schon ziehe ich das große Los. Ich werde ihn aber erst noch ein bißchen mit meiner subalternen Gleichgültigkeit reizen, was immer das heißen mag, und in ein paar Wochen kauft er zwei Tomaten. Das wäre doch gelacht.

Als ich dran war, schreckte sie aus ihrer Träumerei auf und fragte mich, ob ich den Bon brauche. Ja, log ich frech, um noch ein wenig bei ihr verweilen zu können. Sie durchschaute mich und ließ zur Strafe das Band so schnell laufen, daß ich mit dem Einpacken nicht hinterherkam. Was sich liebt, das neckt sich.

Es bildet ein Talent sich in der Stille

Eigentlich hatte Rolf Videoclip-Regisseur werden wollen, weil die MTV-Ästhetik ihn seit seiner Jugend faszinierte, seit dem Nick-Kershaw-Video zu ›Wouldn't it be good‹. Diese schnellen Schnitte und atemberaubenden Spezialeffekte, ein Fest fürs Auge. Aber nach dem Studium war er bei einem Sportsender hängengeblieben, als Zeitlupenredakteur. Er verbrachte seine Tage im Ü-Wagen vor irgendwelchen Fußballstadien, aß Gummibärchen und drückte auf den Knopf, wenn von der Regie eine Zeitlupe angefordert wurde. Wenn es wenigstens der langweiligste Beruf der Welt gewesen wäre, aber es war einfach nur ein langweiliger Beruf.

Ohne seine sich sporadisch bei ihm zurückmeldende Geilheit wäre Rolf an seiner Trägheit erstickt, so röchelte er noch ein wenig. Aber Frauen hatten ihn nie befriedigen können, weil beim Sex erst alles so langsam ging und dann so schnell. Es war doch idiotisch, als würde man beim Fußball das Vorgeplänkel in Zeitlupe zeigen und die Tore im Zeitraffer. Was hatte die Natur sich dabei gedacht?

Trotzdem versuchte er es immer wieder, er hatte ja auch nie Probleme damit gehabt, an Frauen heranzukommen. Er sprach sie einfach direkt auf der Straße an: »Ich bin Talentscout«, sagte er dann, »und ich glaube, du hast, was ich suche.«

Die Frauen wußten natürlich, daß das nicht stimmte, aber wenn sie kein Talent hatten, dann war es doch auch okay, wenn sie jemand ansprach, der kein Talentscout war.

»Talentscout? Hat das was mit Film zu tun?«

»Du kennst dich ja aus, hast du mal gemodelt? Oder bist du Schauspielerin?«

»Ich gehe manchmal zum Casting.«

»Bingo! Ich wußte doch, daß du ein Profi bist. Ich arbeite nämlich auch als Regisseur. Ich bin einer von denen, die am liebsten alles selber machen. Und meine Casting-Agentur liefert mir immer nur Meterware. Aber du bist anders. Hier ist meine Karte.«

Er machte das, bis er einen Stapel Karten verteilt hatte, irgendeine rief immer an, und am Abend stand sie schon vor seiner Tür. Er führte sie ins Fotostudio. Sie sah sich mißtrauisch um. Es wirkte alles ein bißchen schäbig. Hier sollte das neue Video von Scooter gedreht werden?

»Das Männermodel hat sich den Fuß verknackst, aber wir doubeln das einfach. Die Story ist wie die Musik, ganz geradlinig. In dem Lied geht es ja um junge Leute, die in ihrem Porsche immer zwischen Düsseldorf und Köln hin- und herfahren, bis sie eines Tages einfach mal nach Koblenz ausbüchsen und einen draufmachen.«

»Koblenz?«

»Ja, das ist ein Stadtteil von München.«

»Echt?«

»Bist du aus dem Osten, daß du das nicht weißt? Deshalb hast du wahrscheinlich auch diese Ausstrahlung. Ihr Ostfrauen seid noch so unverbraucht. Paß auf, wir drehen zuerst den erotischen Teil, dann haben wir das hinter uns. Da stürzt man sich immer am besten kopfüber rein, sonst verkrampft man nur.«

»Erotisch?«

»Ja, klar, heutztage muß man seine Inhalte schon publikumswirksam verpacken. Aber keine Angst, wird drehen das ohne großes Team, damit nicht so viele Leute rumstehen, du bist ja noch neu im Geschäft.«

»Aber hier ist *überhaupt* niemand.«

»Na eben, ein schlankes Team, das ist meine Philosophie. Im Leben guckt dir ja auch niemand dabei zu. Ich schnalle mir hier die Mini-Kamera um den Kopf, dann habe ich noch eine auf dem Rücken, die filmt unser Spiegelbild an der Decke. Außerdem bekommst du noch eine Kamera in die Hand, die du dir bitte zwischen die Beine hältst, ohne daß die Linse beschlägt. Wir machen mehrere Takes, damit wir genug Material zum Schneiden haben.«

»Und wie geht mein Text?«

»Kein Text, den würde man sowieso nicht hören, es ist ja ein Musikvideo. Du mußt die Emotionen nur mit der Mimik rüberbringen, das packst du schon, deshalb hab ich dich ja ausgesucht. Du spielst eine Kellnerin an der Raststätte zwischen Köln und Düsseldorf. Ich bin ein brutaler Biker, der dir an die Wäsche will, und dann kommen Scooter mit ihrem Porsche, retten dich und fahren mit dir nach Aschaffenburg.«

»Ich denke nach Koblenz?«

»Aschaffenburg ist doch ein Stadtteil von Koblenz.«

»Ach so ... du siehst aber gar nicht aus wie ein Biker.«

»Ich double das ja nur, das wird nachher alles durch die MAZ gejagt, Spezialeffekte, da staunt man immer wieder, was die heute zusammenzaubern.«

»Und was ist mit der Musik?«

»Die Tonspur kommt später. Dreh dich mal um, so, und die Kamera zwischen den Beinen nicht verwackeln.«

»Wieso ziehst du dich denn jetzt aus?«

»Stell dir einfach vor, ich wäre der Sänger von Scooter, wenn du dich dann besser konzentrieren kannst, den Po etwas höher, der wirft sonst einen Schatten, okay, nicht zu hoch, sonst reflektiert es. Okay, und ab jetzt nicht mehr bewegen, und ein bißchen dümmlich gucken, du bist ja eine Kellnerin.«

»Meinst du, daß die so was auf MTV bringen?«

»Ja natürlich, wir schneiden das ja so, daß man nur die Köpfe sieht. Paß auf, daß du den richtigen Gesichtsausdruck hinbekommst, du mußt überrascht wirken. Du weißt ja nicht, daß Scooter kommen, um dich zu retten, und jetzt findest du den Biker doch ganz nett. Warte mal, ich glaube, ich bekomme gleich einen Orgasmus, das ist immer der Mist beim doubeln, Moment, öööh, okay.«

»Ich kann übrigens auch tanzen.«

»Wow, was kannst du eigentlich nicht?«

»Hat es geklingelt?«

»Das muß meine Frau sein. Die darf dich hier nicht sehen, die ist total eifersüchtig, weil ich sie nie besetze. Könntest du den Hinterausgang benutzen? Ich mache dann den Rohschnitt, und morgen drehen wir die nächste Szene, in der Scooter dich in ihrem Probenraum fesseln, bis der Biker dich rettet, weil er eigentlich ein Zivilpolizist ist.«

Das Mädchen verschwand. Rolf ging zur Tür und öffnete. Es war tatsächlich seine Frau.

»Hallo Schatz. Habt ihr heute was Schönes gedreht?«

»Golf, sechs Stunden Golf, kannst du dir das vorstellen? Und wie war dein Typographiekongreß?«

»Ach, immer diese Typographenwitze, laß uns nicht davon reden, mach lieber den Fernseher an.«

»Guck mal, da kommt gerade das neue von Britney Spears auf MTV.«

»Uh, was *macht* sie denn da? Ist das nicht gefährlich? Kriegt man da keinen Schlag?«

»Ich finde es bemerkenswert, wie sie zunehmend vom Objekt zum Subjekt wird. Dieser Paradigmenwechsel in der Ikonographie.«

»Paradigmenwechsel?«

»Früher war sie als laszive Lolita das Objekt der Begierde, jetzt greift sie ganz selbstbewußt nach dem Mikrofon, wie nach einem Phallus, das ist doch ein Entwicklungssprung. Als nächstes wird sie sich für den Playboy ausziehen, um zu zeigen, daß sie sich endgültig von ihrer Mutter emanzipiert hat und sich in ihre Karriere nicht mehr reinreden läßt.«

»Das hat sich doch schon in dem Pepsi-Cola-Video angedeutet, als diese riesige Pepsi-Flasche hinter ihr aufgeplatzt ist wie eine Ejakulation.«

»Ja, aber das hat sich doch noch viel stärker auf der symbolischen Ebene bewegt.«

»Rolf, warum hast du nie daran gedacht, beim Film zu bleiben? Du hast so viel Talent. Und wenn man dich jetzt sieht ... Zeitlupen! Dir fehlt einfach der Wille. Du könntest nicht mal einen Porno drehen.«

»Ich bin eben nicht der kreative Typ.«

»Ach, Rolf, manchmal wünsche ich mir direkt, daß du mal fremdgehen würdest, irgendwas Überraschendes.«

»Warum sollte ich das tun? Ich hab doch dich, Geli.«

Bemüht euch nicht, diese Frau ist schon vergeben

Mein Bruder brachte mir aus England eine Zeitung mit, ich wollte wissen, was die Engländer zu ihrer Niederlage gegen die Deutschen schreiben würden. Was sie über ihren Sieg gegen die Deutschen schrieben, wollte ich dann gar nicht wissen und blätterte schnell um. Weiter hinten befand sich die Tennisseite. Tennis ist ein altes Spiel aus den 80er Jahren, das heute in Vergessenheit geraten ist. Es geht dabei nicht darum, zu gewinnen, sondern die Schönste zu sein. Die Weltmeisterin im Tennis ist deshalb Anna Kournikowa. Weil sie so schön ist, macht sie momentan in London auf großen Plakaten Werbung für einen neuen Sport-BH unter dem Motto »Only the ball should bounce«. Ihre Website ist auch die am häufigsten angeklickte Website der Welt. Zugegeben, sie hat goldbraune Haut, einen blonden Zopf, schmale Fesseln, schlanke, ebenmäßige Beine, nach dem goldenen Schnitt gemeißelte Proportionen, stahlblaue Lippen und blutrote Augen, und sie ist noch dazu eine Russin und hat momentan keinen festen Freund, auch daß sie Millionärin ist, geschenkt, und daß sie spätestens in zehn Jahren ihre ganze Zeit dem Haushalt widmen kann, ist natürlich auch ein Pluspunkt, aber macht sie das alles unwiderstehlich?

Ich habe mir Annas Bild aus der englischen Zeitung ausgeschnitten, weil ich plötzlich die Idee hatte, meine Badezimmerwand mit Bildern von Anna Kournikowa zu dekorieren, was bei jedem beliebigen Hirnie ziemlich mitleiderregend wirken würde, bei mir aber eine originelle Anspielung auf mitleiderregende Hirniegepflogenheiten wäre. Seit ich es ausgeschnitten habe, liegt das Foto auf meinem Tisch und sieht mich fragend an. Heute habe ich es wütend umgedreht. Auf der Rückseite jubelt ein Kricketspieler, vielleicht trauert er auch, ich kenne mich mit Kricket nicht so aus. Ich mußte das Foto einfach umdrehen, weil ich Annas Tennisshorts nicht mehr ertragen konnte. Das ist unmoralisch, einem so den Mund wässrig zu machen und dann nur einmal zu existieren. Es wäre doch ein denkbares Stadium des Glücks für unsere Welt, es wäre sozusagen das Einfache, das schwer zu machen ist, wenn jeder, der will, eine Anna Kournikowa für sich haben könnte. Wenn sowieso fast alle Männer in Anna verliebt sind, wäre es doch die einfachste Lösung, gleich vom Hersteller her nur noch eine Frau anzubieten. Man müßte nicht mehr fremdgehen und könnte seine Frau einfach auf der Straße stehenlassen, ohne sie anschließen zu müssen, weil sie niemand klauen würde. Es sei denn, die Annas unterschieden sich in den Fähigkeiten, die ihnen von ihren Besitzern antrainiert wurden. »Meine kann Striptease.« – »Na und, meine kann Striptease *und* dabei noch abwaschen.« – »Na und? Meine kann doppelte Psychokinese, und am Ende kommen Erdnüsse raus.«

Wenn ich diesen Text so schreibe, fällt mir wieder einmal auf, wie wenig das mit dem Sublimieren der Libido funktioniert. Das hat Freud schon sehr richtig erkannt und ist an Kieferkrebs gestorben. Der Kricketspieler jubelt, aber durch das Blatt schimmert goldbraune Haut, und es ist nicht seine. Wie wäre es, wenn ich es einfach plötzlich an meiner Tür klingeln ließe? So nach dem Motto: Klingelingeling. *Hallo? Da? Da sdjes schiwjot Jochen Schmidt. Kak was sawut? Acha, Anna Kournikowa. Eto otschen originell. Kak schisn w Rossii? Schto wui chotite? Ljubow? U menja jest mnogo ljubow. Ja dumaju schto eto ljubow dlja was, towarisch Kournikowa. Dawaite schitch wmeste. Ja pisatel, kak Puschkin. Wui ljubite Puschkina? Jesli wui Ljubitje Puschkina, poprobuijte Schmidta.*

Aber ich muß zugeben, ich habe meine Anna bald wieder nach Hause geschickt, weil sie beim Sex immer so angestrengt gestöhnt hat. »Äh ... äh ... Advantage Miss Kournikowa.«

Wo ich alles mal gekotzt habe

Wo ich alles mal gekotzt habe

1.
Das erste Mal habe ich wahrscheinlich im Mutterleib gekotzt, allerdings kann ich mich nicht mehr an den Grund erinnern. Vielleicht hat meine Mutter gerade nach »Wenn du denkst, du denkst, dann denkste nur du denkst, ein Mädchen kann das nicht!« getanzt.

2.
Das zweite Mal habe ich in einem heißen Bus gekotzt. Mein Vater hatte keine Tüte, also hielt er die Hände auf. Das darf man von Vätern verlangen. Deshalb will ich keine Kinder.

3.
Im Auto konnte ich nur durch den Mund atmen, weil ich den Geruch nicht ertrug. Ich soll, schon bevor ich sprechen konnte, beim Anblick von Autos geheult haben. Meine rote Kotzschüssel war immer gut gefüllt. Heute kann ich im Auto durch die Nase atmen, und ich esse auch Käse, Linsen, Spargel und andere Dinge, vor denen mich mein Magen früher gewarnt hat.

4.
Beim Frisör in der Frankfurter Allee mußte ich eine Stunde auf meine Oma warten, die unter einer Trockenhaube saß. Der Frisörgeruch, die warme Luft aus den Hauben und der Anblick der alten Tanten hat mich langsam weich gekocht. Irgendwann brach es aus mir heraus. Danach mußte ich mit vollgekotzter Hose nach Hause stapfen. Immerhin mußte ich zwei Jahre nicht zum Frisör.

5.
Ins Ferienlager Schneckenmühle fuhr man ab Pirna mit dem Bus. Im Erzgebirge gibt es viele Kurven. Ich saß hinter dem Fahrer, sah in die Ferne, atmete durch den Mund, hatte eine Pille geschluckt,

lutschte einen Bonbon und dachte an den BFC Dynamo. Trotzdem mußte der Bus anhalten, und hundert Kinder sahen zu, wie ich mich am Straßenrand bemühte. Das ging dann natürlich nicht.

6.
Ins Vogtland fuhren wir jedes Jahr, wir waren es aber von zu Hause nicht gewöhnt, unser Trinkwasser abzukochen. Eines Nachts wachte ich auf und ging aufs Klo, weil es in meinem Bauch brodelte wie noch nie. Unterwegs wurde mir schlecht, und ich entschied mich, zuerst zu kotzen, und bückte mich über die Schüssel. Das hätte ich nicht tun sollen, denn plötzlich war der Bauch soweit, und ich mußte hinterher die Klotür saubermachen. Immerhin wurde in den nächsten Tagen das ganze Ferienheim krank, ich war nur die Avantgarde gewesen. Man erklärte sich den Vorfall damit, daß die LPGs ihre Gülle auf den Wiesen entsorgten. Aber die LPGs waren in der DDR sowieso an allem schuld.

7.
Hagen wollte uns eigentlich nicht um drei Uhr nachts in seine Wohnung lassen. Seine Eltern hatten ihm nur einen Besucher erlaubt. Wir waren aber sechzehn Jahre alt und vollgepumpt mit Bier aus der Bärenschenke an der Friedrichstraße und deshalb so laut, daß ihm keine Wahl blieb. Eigentlich fühlte ich mich gut, ich wußte sogar noch, wieviel 13 mal 13 war, was ich inzwischen längst vergessen habe. Aber nachdem ich mich hingelegt hatte, spürte ich ein Kitzeln im Hals. Ein Weißkohlblatt von der Soljanka meiner Mutter. Ich richtete mich auf, und damit hatte es freie Bahn. Den Rest verteilte ich auf dem Weg zum Bad und dann im Waschbecken. Ich war so entkräftet, daß ich versuchte, den Weißkohl in den Ausguß zu stopfen, statt ihn einfach ins Klo zu tun. Am nächsten Morgen fuhren wir zur Berufsberatung an die TU Dresden. Ich stand die ganze Zeit auf dem Zugklo und schrie vor Übelkeit. Natürlich hatte ich dann keine Lust mehr, in Dresden Informatik zu studieren.

8.
Kurz nach der tschechischen Grenze kam ein Hotel mit einem Kiosk, aus dem Bob Dylan zu hören war. Wir waren bis hierher getrampt

und beschlossen zu Ehren der Platte, die der Kioskmann immer wieder umdrehte, mit dem Rauchen anzufangen. Wir sahen aber nicht ein, warum man nur eine Zigarette gleichzeitig rauchen sollte, wenn man fünf Finger hatte, zwischen die vier Zigaretten paßten. Weil Bob Dylan nicht zu singen aufhörte, mußten wir Bier trinken. Irgendwann sagte der Kioskverkäufer: »Du chast genug.« Das hatte er messerscharf erkannt.

9.
Ich war ja in Yvonne verliebt, und deshalb traf es mich tief, daß sie bei unserer Abitur-Abschlußparty mit Danilo knutschte. Ich ließ mir nichts anmerken und trank ein halbes Glas Gin, natürlich mit Brause verdünnt, so daß es nicht so unangenehm nach Alkohol schmeckte. Dann legte ich mich auf den Rasen, bis sie mich ins Haus trugen. Die Jungs diskutierten meine Überlebenschancen, und die Mädchen schüttelten entrüstet den Kopf. Nur Yvonne, die ja Medizin studieren wollte, setzte sich auf die Bettkante und strich mir durchs schweißnasse Haar. Ich frage mich bis heute, ob ich bei dieser Gelegenheit versucht habe, ihre Brust zu berühren, oder ob ich mir das nur einbilde. Beides wäre verständlich.

9.
In der Bretagne tanzt man in ausgebauten Scheunen, manchmal auch direkt bei den Schweinen. Da die Bretonen sich zum Tanzen einhaken, große Kreise bilden und hüpfen, stößt man immer mal mit dem Kopf gegeneinander. Die anschließende Nacht verbrachte ich stöhnend über einer Kloschüssel, und am nächsten Tag, als die Kühe schon zu muhen begannen, ging es mir immer noch nicht besser. Die Sonne ging auf, die Sonne ging unter, mir war schwindlig, und ich bekam von meinen freundlichen Gastgeberbauern Schlackwurst aufgetischt. Am Abend wurde mir klar, daß ich gar nicht betrunken war, sondern eine Gehirnerschütterung hatte. Mal was Neues.

10.
Nachdem ich ihr gesagt hatte, daß ich sie liebte, bot sie mir einen Apfel an. Da wir in Moskau waren, hätte ich ihn abwaschen sollen. So war sie mich erst mal für ein paar Tage los.

Hongkong lights up

Reiseberichte aus Zeitungen hebt man auf, um sie zu suchen, wenn man mal dorthin fahren will. Aber erst lange nachdem man dann endlich dort war, findet man sie wieder und wundert sich, warum man das alles nicht gesehen hat. Mit einer Gruppe von Autoren solcher Reiseberichte bin ich unterwegs nach Hongkong. In einem Informationsschreiben war um »formelle Kleidung« gebeten worden. Die anderen werden ja nicht so dumm sein und sich für 20 Stunden Fahrt schick anziehen, hatte ich gedacht, um so größer ist der Schreck, sie tragen schon am Flughafen edle Anzüge, und ich falle mit meiner grünen Kutte aus dem Rahmen. »Aber sie hat neun Taschen«, möchte ich ihnen sagen, »mehr als Beuys'!«

Die elf Stunden Flug reichen kaum, um den ganzen Alkohol zu trinken, der einem angeboten wird. Aber der Rückflug soll ja wegen der Gegenwinde zwei Stunden länger dauern. Betrinken muß man sich schon, um zu vergessen, was einem die Sitznachbarin über Sparmaßnahmen bei den Airlines erzählt. Wenn es keinen Sekt mehr gäbe, würde der Passagier mißtrauisch, deshalb treffe es zuerst die Sicherheitsinspektionen an der Maschine.

In Hongkong besteigen wir einen winzigen Reisebus, in dem jeder von uns dicken Europäern zwei Plätze belegt. Wir fahren über lange Hängebrücken auf Betonhochhäuser zu, die am Fuß der Berge stehen wie gigantische Bienenstöcke. Der Fahrer telefoniert abwechselnd auf einem seiner drei Handys. Die Führerin verteilt Unterlagen: »Haben sie schon Informaschon-Blatt?« Kaum sind wir im Hotel angekommen, geht es wieder los. Unser Zeitplan ist sehr eng, wir sollen schließlich nichts verpassen. Der erste Programmpunkt ist ein chinesischer Glücksbaum, zu dem die halbe Stadt pilgert. Man schreibt einen Wunsch auf, bindet das Blatt an einer Apfelsine fest und wirft sie in den Baum. Der ganze Baum hängt schon voller verschimmelter Apfelsinen. Gleich um die Ecke steht »Das alte Haus von Hongkong«. Hier hat einmal ein Mandarin gelebt, und ich verkneife mir die Frage, ob der immer Mandarinen gegessen hat. Wieder gibt es ein »Informaschon-Blatt«.

Von unserer Gruppe ist einer Vegetarier, einer ißt keinen Fisch und einer hat eine Krustentierallergie. Deshalb erfreuen sich die Erdnüsse im Sea-Food-Restaurant großer Beliebtheit. Ich esse sie mit Stäbchen, das sollte man immer tun, vielleicht würde man dann auch so zierlich bleiben wie die Chinesen.

Nach europäischer Zeit ist es drei Uhr nachts, und ich bin todmüde, als wir zur Eröffnung der Aktion »*Hongkong lights up*« gefahren werden. Alles ist perfekt organisiert, es gibt fast mehr Kellner als Journalisten. Wir stehen auf einer kleinen Tribüne inmitten von gläsernen Wolkenkratzern und vertreiben uns die Zeit mit dem Spiel: Fotografen fotografieren Fotografen beim Fotografieren. Seltsam, früher hätte es doch gereicht, in solchen Fällen ein Blatt Papier und Buntstifte herauszuholen und etwas zu malen. Endlich betritt eine Chinesin die Bühne, sie soll hier ein Star sein, vielleicht weil sie es geschafft hat, so dick zu werden. Mit einem Kollegen brennt sie in dieser unnachahmlichen Sprache ein Feuerwerk von Pointen ab. Als es zu regnen beginnt, werden blitzschnell 500 durchsichtige Plasteschirme verteilt. Der ganze Platz riecht daraufhin nach meinem neuen Duschvorhang.

Immer wieder rüttelt uns die vom Band eingespielte Musik wach, etwas zwischen Götterdämmerung und Rocky I. Dann fällt plötzlich der Strom aus. Nach einer längeren Zwangspause geht es weiter, aber das Programm kommt mir verdächtig bekannt vor. Ein Chinese, erfahre ich, darf sein Gesicht nicht verlieren, deshalb tun sie einfach so, als habe es gar keinen Stromausfall gegeben, und fangen noch einmal von vorn an. Später werden wir mit Shuttlebussen 100 Meter weiter zum Hafen gefahren. An die Wand eines Wolkenkratzers wird die Aufzeichnung der Zeremonie, die wir gerade verfolgt haben, projiziert. Das Feuerwerk begeistert alle, nur ein paar Reisejournalisten nörgeln: »An Toronto kommt das aber nicht ran ...«

Die Zeit, die mir für mein Hotelzimmer bleibt, verschwende ich mit unnötigem Umherirren in dem riesigen Raum. Er ist so groß, daß die Fernbedienung nicht bis zum Fernseher reicht. Der Butler versteckt meine Latschen jedesmal in einem Schrank am anderen

Ende des Marmorsaals, der wohl das Bad sein soll. Meine Kleidung legt er sorgsam gefaltet auf die Ottomane. Weil mir das unheimlich ist, verstecke ich alles im Rucksack. Als ich einmal eine Socke vergesse, liegt sie am Abend sorgsam gefaltet auf der Ottomane. Von dem Schreck erhole ich mich in der blubbernden Badewanne. Es gibt so viele Spiegel hier, jetzt müßte man schön sein.

Auf dem Briefing am nächsten Morgen muß ich an diesen Soldaten aus ›Catch 22‹ denken, der sich immer freute, wenn die Zeit träge dahinstrich, weil er meinte, daß er dann auch entsprechend länger leben würde. Nachher fahren wir mit der berühmten »Roll-Trap«, wie es unsere Führerin nennt, einen Berg hinauf. Morgens rollt sie in die eine Richtung, abends in die andere. Die vielen Menschen verwirren mich. Ein Chinarestaurant pro Straße ist doch eigentlich mehr als genug. Auf dem Markt riecht es schon von weitem nach 1000jährigen Eiern. Eine Ziege hängt mit aufgeschnittenem Hals in einer Ladentür. Eine Aalhälfte zappelt im eigenen Blut. Weil sie keine Augen hat, denkt sie bestimmt, sie ist schon wieder in Norwegen. Alles, was im Meer lebt, wird hier getrocknet und geplättet, Seegurken, kleine Aliens, Haifischflossen für 1000 Mark. Was wohl so ein Bündel plattgewalzter Geckos kostet? Ich sehe gar nicht hin, um nichts wiederzuentdecken, was gestern in unserem Eintopf geschwommen ist. Instinktiv merke ich mir jede McDonald's-Filiale. Am liebsten würde ich den Weihnachtsmännern, die überall die Wände hochklettern, folgen, nur weg von hier, ins Weihnachtsmannland.

Am Abend verlaufe ich mich wieder im Hotel und gerate diesmal in den Wellness-Trakt, wo mir eine nette Chinesin weiterhilft. Sie erklärt mir, was es mit den Goldfischen am Eingang auf sich hat, es müßten immer vier oder sieben sein, und es sei gut, wenn sie sterben, weil das negative Energieströme neutralisiere. Ein Feng-Shui-Meister habe das ganze Hotel abgecheckt und teure Umbauten verlangt. Durch die neun Glastüren am Eingang können die neun Drachen aus den Bergen jetzt ungehindert zum Meer gehen, wo sie jeden Abend baden. Der Feng-Shui-Meister habe sich auch ihr Büro angesehen und gesagt: »Mit diesem Büro werden sie nie schwanger«, was sie nicht verwundert habe, da sie es ja kaum verlasse.

Bisher hatte ich allen Angeboten für erotische Massagen getrotzt, aber jetzt soll ich mich ausziehen. »*It's my first time*«, sage ich. »*Just relax!*« Sie schiebt mir etwas Spitzes von der Hüfte bis zur Schulter hoch, es muß ihr Ellbogen sein. Mit ihrem ganzen Gewicht stützt sie sich auf meinen Muskel und atmet schwer. Ich könnte sie schlagen, aber dann streicht sie mir sanft über den Rücken. So fühlen sich also Frauenhände an.

Am Abend essen wir im Hotel. Hinter Glaswänden schwimmen große, bunte Fische, die man sich zubereiten lassen kann. Es hat etwas vom Rotlichtviertel in Amsterdam. Der Hotelchef begrüßt uns persönlich. »*Freelance?*« fragt er mich, als er meine Jacke sieht. »Aber sie hat neun Taschen«, sage ich und zeige ihm die Schätze, die sich inzwischen darin angesammelt haben: ein betrunkener, schwankender Weihnachtsmann, eine Tüte mit sich selbst erhitzender Flüssigkeit, ein Mao-Lachsack, 100 Jahre alter Potenztee. Seine Großmutter war Deutsche, sie habe ihren Tageslohn, 25 Kilo Steckrüben, noch auf dem Rücken nach Hause geschleppt. »Zwei Stunden Heimweg«, sagt er, »und ohne Energy-Drinks!« Nachdem das Hotel an seine Kette verkauft worden sei, hätten im ganzen Haus die alten Logos ausgetauscht werden müssen. Die Bademäntel seien verbrannt worden, damit sich nicht die Obdachlosen der ganzen Stadt auf der Mülldeponie mit ihren Bademänteln einkleideten. Weil er ein Hotel leitet, das 360 Millionen Dollar gekostet hat, frage ich ihn, wie er sich mit dieser enormen Verantwortung fühlt. Er zitiert General Schwartzkopf, offenbar habe ich seine Verantwortung immer noch unterschätzt.

Der erste Gang ist ein Krabbenfleischklecks mit grüner Mangosauce für 50 Mark. Man hat ihm eine Art Wigwam aus Salzstangen gebaut, von dem ich nicht weiß, ob ich es mitessen soll. Von der Schneckensuppe halte ich mich fern, um die kleinen Biester nicht mit meinen Stäbchen zu erschrecken, zu frisch ist die Erinnerung an die Fluchtversuche des Aals auf dem Markt.

Neben mir sitzt Elvis Ho von der Tourismusbehörde. »*I fell in love with Russia*«, sagt er.

»*Where have you been?*« frage ich, froh, einmal ein Gesprächsthema mit einem Chinesen gefunden zu haben.

»*I've been in Petersburg, Moskau, Ekaterinburg.*«

»*Really? What have you ...*«

»Rostow, Wladiwostok, Kiew...« unterbricht er mich.

»In Wladiwostok, that's ...«

»Minsk, Jalta, Charkow, Krasnojarsk ...«

Ich wende mich wieder den Fischen zu, die sich im Aquarium prostituieren.

Meine Schwierigkeiten, mit den Leuten hier ein Gespräch zu führen, deprimieren mich so, daß ich fast sehnsüchtig zum Ventilator hochsehe. Wie wäre es, jetzt damit wegzufliegen? Diese Stadt sieht sowieso von weitem am besten aus, nachts, wenn alles leuchtet und man nicht sieht, wie verrottet der Beton ist. Man renoviert hier nicht, sondern reißt alles nach ein paar Jahrzehnten wieder ab. Ein Reisejournalist lästert über die Autojournalisten. Die würden immer als erstes ins Handschuhfach gucken, um das Benzingeld zu zählen. Er sei immer gezwungen, seine Zeitschrift ›Reisebuletten‹ auszusprechen, um verstanden zu werden.

»Hongkong ist abgegrast, in jedem Artikel steht dasselbe: Menschenmassen, alte Straßenbahnen und Baugerüste aus Bambus.« Ich streiche diese Punkte verschämt aus meinem Notizbuch. Viel mehr hatte ich mir allerdings auch noch gar nicht notiert.

Zurück auf meinem Zimmer mit dem Panoramablick über Hongkong Island fühle ich mich nicht ganz so allein, weil überall vertraute Namen blinken: Epson, Panasonic, Hitachi, Sanyo. Ich kann mich für keines der vielen Schaumbäder entscheiden. *Energising, restorative, fitness, detoxifying, soothing, wellness*, ich kippe einfach alle zusammen. Als ich den Fernseher im Bad anmache, kommt meine Lieblingsserie »Frasier«, sogar im Original. Ich gönne mir eine 15-Mark-Büchse Tsing-Tao-Bier aus der Minibar, vielleicht kann ich ja beim Auschecken feilschen wie auf dem Night-Market, wo ich für das Mao-Feuerzeug 45 statt 50 Dollar bezahlt habe, und der nächste Händler bot es mir sogar gleich für 25 an ... Ich lege mich in die Wanne und lasse es blubbern, das Bier zischt, viel fehlt nicht zur Perfektion, doch dann der Schock: Was sind denn das für Stimmen? Die deutsche Synchronstimme paßt doch viel besser zu Frasier. Es ist, als würde ich zu Weihnachten zu meinen Eltern fahren, und sie hätten plötzlich fremde Stimmen.

Am Morgen des Abflugs begegne ich dem Hotelchef im Fahrstuhl. Er mustert mich kritisch und fragt: »Ist es kalt in Berlin?«

Was hat er nur immer gegen meine Jacke? Auf dem Rückflug trinke ich mit einer alten Tschechin, die von einem Besuch in Omaha bei ihrer Enkelin erzählt. Sie schimpft: »Nur ›Mackdunals‹, die Kinder essen nur ›Mackdunals‹.« Sie gefällt mir, weil sie genauso ungepflegt aussieht wie ich. Berlin soll ja jetzt die Drehscheibe nach Osteuropa sein. »Und der Kaffee so dünn, kannst du pissen, ist besser.«

Wir stoßen darauf an, daß wir beide, sollte das Flugzeug abstürzen, jede Menge negative Energien neutralisieren.

Wie ich mal mit einem Teenie-Idol beim Trommel- und Baß-Tanzabend war (mit Stephan Zeisig)

Das »Völkerschlacht« mußten wir lange suchen. Es mußte aber hier sein, wir waren offenbar nicht die einzigen, die von diesem neuen Club gehört hatten. Dutzende junger Leute liefen immer ums Karree und sahen unter jedem Gullydeckel nach, irgendwo mußte der Eingang sein. Zum Glück kam jemand auf die Idee, mit einem Schneidbrenner eine verdächtig wirkende Eisentür aufzuschweißen, tatsächlich, von tief unten drang Musik herauf, der Abend war gerettet. Ich war bestens vorbereitet. Meine Vorbereitung bestand darin, keine Jacke und kein Portemonnaie mitzunehmen und den Fahrradschlüssel vom Schlüsselbund abzumachen, damit die Symmetrie meiner Hosentaschenbeulen gewährleistet blieb. Wir machten uns auf den Weg und erreichten kurz nach Mitternacht den Keller. Wie immer in solchen Gebäuden suchte mein Blick instinktiv nach herrenlosen Kohlen. Vielleicht sollte ich mir lieber eine Gruppe junger Menschen halten, die morgens, während ich mir eine Stunde die Zähne putze, im Zimmer rumhüpfen, bis es warm ist.

Endlich sind wir unten, die Skelette mit Basecaps, die unterwegs herumlagen, konnten mich nicht abschrecken. Die Unglücklichen hatten den Ausgang nicht mehr gefunden, das konnte mir nicht passieren, ich hatte den Weg mit kleinen Halmasteinchen markiert. Unten fühle ich mich gleich wie zu Hause, weil an die Wände Dias mit elektrischen Schaltungen projiziert werden. Jemand fragt über Mikro laut und auf Englisch, ob wir mehr Baß hören wollen. Also ich schon, ich sehe mich nach den anderen um, ja, die nicken auch zustimmend, ein bißchen mehr Baß dürfte es schon sein. Verwunderlich nur, daß der Mann statt »Baß« »base« gesagt hat. Der war bestimmt nicht so gut in Englisch früher, wie er tut.

Bevor ich tanze, stehe ich im Durchschnitt drei Stunden auf der Stelle, checke die Lage und warte auf mein Lieblingslied. Manchmal wird mir, wenn ich zu lange so rumstehe, Geld hingeworfen. Dann hebe ich die Münzen mit roboterhaften Bewegungen auf. Wer den Pfennig nicht ehrt, ist des Talers nicht wert. Aber hier zieht sich mein Warten in die Länge. Der DJ spielt das gleiche Lied immer wieder von vorn, die Kassette muß ihm der Typ, der über mir wohnt, überspielt haben. Wenn ich den hier treffe, bring ich ihn um. Ach was, wenn ich den überhaupt jemals irgendwo treffe, bring ich ihn um.

Ich dachte immer, es gäbe nicht viele Alternativen zu meiner Art zu tanzen, da sie schon eine Art Best-of aller menschenmöglichen Bewegungen darstellt. Aber hier werde ich eines Besseren belehrt. Wenn ich ehrlich bin, muß ich mir eingestehen, daß meine Art zu tanzen wohl mit mir aussterben wird. Anscheinend legt niemand mehr Wert auf Showeffekte. Eher darauf, mit tänzelnden Fußbewegungen den Eindruck zu wecken, man würde fliegen. Es sieht anstrengender aus als Seilspringen.

Langsam spüre ich, wie die Spannung steigt. Ich warte auf meinen Einsatz und gehe im Kopf noch mal die Strecke durch. Ein bißchen Lampenfieber ist immer dabei; wenn man das nicht mehr hat, sollte man aufhören. Dann ist das Lied endlich zu Ende, mal sehen, ob jetzt endlich was von Depeche Mode kommt. Nee, wieder nur so ein Instrumental. *Uff rtschkttt uff uff ... uff rtschktt uff uff.*

Weil es mir ein bißchen peinlich ist, als einziger noch nicht zu schwitzen, betupfe ich mir auf dem Klo die Stirn mit Wasser. Nanu, die Flüssigseife ist ja rosa gestylt. Ist das hier ein Schwulenclub? Schnell wieder zurück in den Saal, ich bin schon wieder ganz heiß.

Ich warte immer noch auf ein gutes Lied, um einzusteigen. *Uff rtschkttt uff uff ... uff rtschktt uff uff.* Plötzlich hält es meinen großen Zeh nicht mehr. Er gerät völlig außer Kontrolle. Die Baßlautsprecher, vor denen ich stehe, fächeln mir frische Luft zu. *Uff rtschkttt uff uff ... uff rschktt uff uff.* Mein Körper entgleitet mir wie ein glibschiges Stück Seife. Ist ja gar nicht so schwer, man muß nur immer vor- und zurückspringen, als könnte man sich nicht entscheiden, wohin. Stephan Zeisig hat sich inzwischen bis aufs Unterhemd entkleidet. Das hat er anscheinend zu Hause geübt, mein Unterhemd würde sich dazu nicht so ohne weiteres aufdrängen. Genaugenommen hab ich gar keins an. Ich hab auch nie ein

Unterhemd besessen. Vielleicht sollte ich da mal investieren. Stephan tanzt mit zurückgeneigtem Oberkörper, wie macht er das? Ein Drahtseilakt, man kann sich gar nicht mehr konzentrieren, so sehr ist man von seiner Artistik fasziniert. Mit den Händen scheint er kleine Fenster in den Qualm zu schneiden, um frische Luft hereinzulassen. *Uff rtschkttt uff uff ... uff rtschktt uff uff.* Wir bleiben drei Liter Schweiß, dann treten wir den Heimweg an. Unsere Kleidung hängt uns in Fetzen vom Leib. Nach einer Stunde erreichen wir die Stahltür, wo schon die Türsteher mit ihren Flammenwerfern warten. Aber wir sind so schweißgebadet, daß die Flammen an unseren Körpern keinen Halt finden. Durch Kontraktion unserer Brustmuskulatur lassen wir sie zurückprallen. Draußen geht mir dieser Rhythmus nicht aus dem Kopf. Noch bei der Verabschiedung weiche ich Stephans Hand immer wieder vor- und zurücktänzelnd aus: *Uff rtschkttt uff uff ... uff rtschktt uff uff.*

Schlecht in Russisch oder: Wo liegt eigentlich Wolokolamsk?

Wer weiß heute schon noch, was das heißt: »Utschitsa, utschitsa, utschitsa?« Die Schüler bekommen ihr Abitur in den Hintern geblasen, es gibt keine Hefterkontrollen mehr, man darf im Unterricht Kaugummi kauen, die Lehrer sind froh, wenn man sie gleich erschießt und nicht vorher noch foltert. Vor hundert Jahren hat man in der fünften Klasse Homer im Original gelesen. Zu meiner Zeit war man immerhin noch in der Lage, Thomas Mann im Original zu lesen. Wenn der Niedergang nicht gestoppt wird, werden in hundert Jahren nur noch die Besten eine Homer- von einer Thomas-Mann-Verfilmung unterscheiden können.

Wir hatten es natürlich viel schwerer. Kaum daß wir halbwegs schreiben konnten, mußten wir schon die russischen Buchstaben lernen. Weil wir das nicht freiwillig taten, schlugen sie uns mit langen Peliskopkugelschreibern auf die Finger. Diese Kugelschreiber, die eigentlich als Zeigestock dienen sollten, waren das einzige Produkt russischer Herstellung, das ich als Geschenk angenommen hätte. Ich wünschte es mir von Sergej, meinem russischen Brieffreund. Jeder hatte ja eine Adresse eines russischen Schülers zugeteilt bekommen, und wir schrieben alle gemeinsam einen Brief. Als die ersten Antworten unserer Brieffreunde kamen, wurden die mitgeschickten Paßbilder verglichen. Bei den meisten schlief daraufhin der Briefverkehr ein. Nicht so bei mir, ich hatte mir immer viel zu sagen mit Sergej.

»Lieber Jochen. Entschuldige vielmals, daß ich so lange nicht geschrieben habe. Danke für deinen Brief. Du fragst mich nach meinem Lieblingsklub. Nun, ZSKA Moskau ist mit der Fußballmannschaft im Moment dritter der Meisterschaft. Im Eishockey sind wir zweiter. Letzte Woche waren wir im Fußball vierter und im Eishockey dritter. Ich habe gelesen, daß dein Klub BFC Dynamo Pokalsieger geworden ist. Gratuliere! Ich schicke dir wieder ein paar

Briefmarken. Nun muß ich aber Schluß machen, ich habe noch viele Hausaufgaben. Ich bin jetzt auch im Ringen. Viele Grüße und Gesundheit, Dein Sergej. P.S. Viele Grüße auch an deine Eltern.« Das P.S. hatte er von mir übernommen, er hatte dieses Stilmittel noch nicht gekannt. Ich endete oft mit P.S. oder mit P.P.S. und, wenn es ganz wild kam, mit P.P.P.S.

Ich bekam so viele Lenin-Briefmarken von Sergej, daß ich ein eigenes Album dafür anlegen mußte. Manchmal stand auch noch etwas mehr in den Briefen, aber das verstand ich dann nicht mehr, weil er auf Russisch schrieb oder weil seine deutschen Buchstaben aussahen, als hätte er sie beim Ringen geschrieben. Die Russen hatten auch seltsamerweise alle die gleiche Schrift.

Während wir Jungen im Klub Technik-Naturwissenschaften Löten lernten, gingen fast alle Mädchen in den Russischklub. Eigentlich hieß er »Klub der internationalen Freundschaft«, aber es war de facto ein Russischklub. Sie lernten dort nur Lieder wie »Druschba Freundschaft, Druschba Freundschaft ...« und tanzten dazu in selbstgemachten Kostümen um einen Spasski-Turm, der von einem der Mädchen dargestellt wurde. Wir verstanden natürlich »Spasti-Turm« und lachten uns tot. Einmal wurde ich genötigt, zu einem Auftritt des Russischklubs im Pionierpalast mitzukommen. Ich hatte ja eine Singbefreiung, die ich immer bei mir trug, falls mich irgendwer zwingen wollte zu singen. Sie war mir wichtiger als mein Pionierausweis, und ich ließ sie mir jährlich erneuern. Ich mußte aber trotzdem in den Pionierpalast mitfahren und dort ein mit Sand gefülltes Stäbchen schütteln, weil wir ein Lied über eine Wunderinsel in der Südsee singen würden. Die Mädchen wurden vorher instruiert, nicht so steif dazustehen und sich beim Singen hin- und herzuwiegen. Sie fanden das lächerlich, und damit lagen sie auch richtig. Wir bekamen Geschenke für die russischen Kinder und übten vorher noch einmal den Satz: »Poschaluista, wot Podarok.« Es waren dann ungefähr zehn russische Kinder anwesend, die man sofort an den streng gescheitelten Haaren und den streng gebügelten Hosen erkannte. Ich schüttelte den Stab, während der Russischklub sang: »Tschunga-Tschanga, sinij neboswod, Tschunga-Tschanga ljeto kruglijgod ... Tschuda-ostrow, Tschuda-ostrow, schitch na njom lechko i prosto!« Wir übergaben die Geschenke, und unsere Völker schmiedeten einen noch festeren Bruderbund. Leider bekam ich von meinem russischen Kind nicht den erhofften Peliskopkugelschreiber, sondern eine kleine silberne Weltkugel, um die ein Sputnik flog, und eine gerahmte Lenin-Ikone, unter der »Marksism-Leninism« stand. Ich spendete beides an das Traditionskabinett unserer Klasse, das wir in einer Schublade des Klassenschranks errichtet hatten.

Der Russischunterricht wurde mit den Jahren immer langweiliger. Proportional dazu wurden die Wörter immer länger. Anfangs waren die Sätze in den Büchern noch kurz und wechselten sich mit bunten Bildchen von Menschen ab, denen man Zorrobrillen und Maschinengewehre malen konnte, später gab es nur noch Fotos von Atomkraftwerken und Talsperren, unter denen »Gidroelektrostanzia« oder »Selskochosjaistwennaja kooperativa« stand. Ich war bisher immer durchgekommen, obwohl ich ein Weichheitszeichen nicht von einem Hartheitszeichen unterscheiden konnte. Das Hartheitszeichen kam so selten vor, daß es immer ein großes Hallo gab, wenn mal irgendwo eins auftauchte. Das wirkliche Leid begann beim Abitur. Schnell stellte sich heraus, daß ich keine einzige Deklination beherrschte. Ich kannte auch nicht die Farben und die gängigsten Adjektive, um meine Gefühle auszudrücken. Ich kannte nicht mal die Zahlen, weil man uns ja in einer der ersten Stunden vor die Wahl gestellt hatte, ob wir die oder das Alphabet lernen wollten. Ich begann jeden Satz mit »Ja dumaju schto ...«, bis es der Lehrerin zum Hals heraushing. Sie beauftragte uns, eine Liste von Satzanfängen zu lernen, um zu variieren: »Po mojemu mneniju«, »W perwui Linie ...«, »Mnje kaschetsa ...« Jetzt begannen alle meine Sätze mit »Mnje kaschetsa«, das war am kürzesten. Die einzige Konjunktion, die ich mir merken konnte, war »potomu schto«. Ich sagte: »Mnje kaschetsa eto charascho, potomu schto ja dumaju schto eto prawilno ...« Die Lehrerin langweilte sich fast so sehr wie wir. Wir konnten uns aber nicht konzentrieren, wir waren zu sehr damit beschäftigt, für die anschließende Geschichtsstunde die historische Schuld der SPD am Aufkommen des Hitlerfaschismus auswendig zu lernen. Manchmal war auch noch ein Selbstporträt für den Zeichenunterricht zu malen. Wenn man, wie ich, am ersten Schultag den Anschluß verpaßt hatte, war man vier Jahre lang immer genau eine Stunde hinterher.

Wenn überhaupt, dann machte ich meine Russischhausaufgaben in der S-Bahn. Zehn Sätze zum Thema »Berlin, stolitza GDR«. Das war noch leicht. »Mnje kaschetsa, schto Berlin polititscheski, kulturnij, technitcheski, ekonomitscheski i geografitscheski zentr GDR. W zentre Berlina jest mnogie dostoprimetschatjelnosti.« Damit kam man schon ziemlich weit. Leider hatten die meisten anderen die gleichen Sätze vorbereitet, und bei jedem kam mindestens einmal »Dostoprimetschatjelnosti« vor. Wenn man dieses absurde Wort schon einmal gelernt hatte, sollte es sich auch lohnen. Wenn das Thema aber lautete: »Fasse die abschließenden Worte des Genossen Michail Gorbatschow vom 26. Parteitag der KPdSU zusammen«, dann brauchte man auch ein paar Substantive und Wendungen, wie: »unterstrich«, »betonte«, »Gleichgewicht des Schreckens« und »europäisches Haus«. Wenn wir im Sprachlabor unsere zu Hause zu diesem Thema vorbereiteten zehn Sätze sprechen sollten, stotterte ich schon bei den einleitenden Worten: »Berlin, stolitza GDR ...« Nach zwei Minuten fing ich wieder von vorn an. Dann wieder von vorn, wieder von vorn, die Sätze wurden nicht länger, aber ich variierte die Stimmlage. Mal klang ich wie ein Nachrichtensprecher, mal wie ein Conférencier im Kessel Buntes. Die ganzen heiklen Adjektiv- und Substantivendungen verschluckte ich lieber, Hauptsache die Tendenz stimmte. Wofür waren die überhaupt da? Warum brauchten die Russen sechs Fälle statt vier und dazu noch diese ganzen Verbalaspekte? Es gab ein Verb für In-die-Kaufhalle-Gehen, eins für Von-dort-auch-wieder-Zurückkommen, eins, wenn man das jeden Tag tat, eins, wenn man das auch in Zukunft jeden Tag tun würde und eins, wenn man mit einem Fahrrad hinfuhr, das einem gehörte und nicht mehr als 6,9 Kilo wog. Und die Substantive wurden nicht nur dekliniert, sondern auch noch unterschieden nach belebt oder unbelebt. Zu welcher Kategorie gehörte dann aber Lenins Körper im Mausoleum?

Heute stelle ich mir oft vor, wie Sergej wohl lebt im neuen Moskau. Ist er ein reicher Schutzgelderpresser oder ein armer Raketen-Ingenieur? Lebt er überhaupt noch in Moskau? Vielleicht ist er längst nach Deutschland ausgewandert. Irgendwann wird er vielleicht vor meiner Tür stehen und sagen: »Dorogoij Jochen, spasibo sa twoij pismo. Isvenij schto ja ne pisal. Gde twoij Club BFC Dynamo? Gde dostoprimetschatjelnosti?«

Ole, Björn, Fritjof, die arme Lieselotte und das Pferd Ingemar

Irgendwo in Schweden, hinter den Lundströmer Bergen, die ihr sicher kennt, aber nicht in Rödlingsbäkk, wie ihr jetzt vielleicht denkt, sondern tief in der Helsingbergsonschen Heide, lebten einst drei Knaben, Ole, Björn und Fritjof, die dicksten Freunde, die man sich vorstellen kann. Ihre Eltern waren auch die dicksten Freunde, die man sich vorstellen kann, und so waren es schon die Eltern ihrer Eltern gewesen. Nie hat man einen Zwist erlebt in Lönneköpping, die drei Familien lebten friedlich in ihren drei Häusern, die sie, weil sie so dicke Freunde waren, direkt übereinander gebaut hatten.

Ole, Björn und Fritjof spielten jeden Tag nach der Schule im Wald und am See und auf der Koppel. Wenn einer der drei fehlte, suchten ihn die anderen, bis sie ihn gefunden hatten, auch wenn es Tage dauerte. Ingemar, das stolze Shetland-Pony, war immer mit von der Partie. Fritjofs Eltern hatten ihn einem einäugigen Landstreicher abgekauft, um ihn zu Ostern beim großen Pferdebasar in Götlund im Koppelkampeln gegen einen Werwolf antreten zu lassen. Aber Fritjof hatte Tag und Nacht um Ingemars Leben gebettelt, er hatte sogar Beeren im Wald gesammelt und versucht, sie an der Landstraße zu verkaufen, um die 3 Öre für Ingemar zusammenzubekommen. Die Landstraße war aber so wenig befahren und die Beeren waren so giftig, daß er am Tag gerade mal eine einzige loswurde, und die auch nur an den blinden Michel. Doch seine Eltern waren gute Menschen, und sie erfüllten ihm seinen sehnlichsten Wunsch. Seitdem waren die beiden unzertrennlich, und Ingemar schlief jede Nacht in Fritjofs Bett und wieherte ganz leise.

Eines Tages kamen die drei Freunde wieder einmal von der Schule. Sie kannten die fünf Stunden Fußweg wie ihre Westentasche und vertrieben sich die Zeit, indem sie manchmal rückwärts liefen oder auf den Händen oder ein paar Stunden lang nur noch Purzelbäume schlugen. Als sie den Wald durchquerten, kamen sie vom Weg ab und gelangten an eine seltsame Grube. Nur Björn, der der mutigste von ihnen war und stark wie ein kleiner Ochse, traute sich, ganz nah an das Loch heranzugehen. Als er zurückkam, um seinen Freunden zu berichten, was er gesehen hatte, waren seine Haare ergraut. Denn von tief unten hatte er ein Brüllen gehört wie aus dem Bauch der Hölle. Sie fürchteten sich und rannten Hals über Kopf nach Hause, wo das Essen schon auf dem Tisch stand.

»Ole, was würdest du sagen, wenn du noch ein Schwesterchen bekommst?« fragte ihn seine Mutter Inge, während sein Vater verschmitzt lächelte, denn er wußte, wie sehr sich Ole ein kleines Schwesterchen wünschte.

»Das wäre ja Lönnepumsgrünzottel!«

»Na, Ole, wenn das so ist, dann geh mal wieder spielen«, und Inge zwinkerte ihrem Mann zu, der sich den Lachs vom Schnurrbart strich.

Nach dem Essen trafen sich die drei Freunde an der Dunggrube, um neue Streiche auszuhecken. Seit sie dem blonden Michel mit seinem Schnitzmesser die Augen ausgestochen hatten, hatten sie nicht mehr so gelacht. »Was hast du dir dabei wieder gedacht, Michel! Ab in den Schuppen!« hatten seine Eltern geschimpft. Jetzt war da diese geheimnisvolle Grube im Wald, und es juckte sie zu erfahren, was es damit auf sich hatte. Sie gingen zur Muhme, die in einer Hütte am Ortsrand lebte. »Kinder, euch schickt der Herrgott, so schneidet mir doch das Haar!« hörten sie sie schon von weitem rufen. Diese unheimliche Frau hatte sich nämlich mit ihrem wirren Haar vor Jahren in ihrem Webstuhl verheddert und konnte deshalb nicht mehr aus dem Haus. Sie webte daraus ihr eigenes Totenhemd, aber so langsam, wie ihre Haare wuchsen, würde sie noch lange leben müssen.

»Muhme, Pupuhme, sag uns, was es mit der Grube auf sich hat.«

»Helft mir, ich will es euch nicht verdenken.«

»Nein, erst du.«

»Ihr kleinen Bestien, dann verrate ich euch eben das Geheimnis der Grube.«

»Ja, ja, ja!« schallte es aus den drei Knabenmündern.

»Ich habe es von meiner Großmutter gehört, und die hat es wieder von ihrer Großmutter gehört, die es wieder von ihrer Großmutter gehört hat, und der hat es *der Teufel persönlich* verraten. Vor vielen vielen Jahren stand anstelle dieser Grube ein Schloß. Und in dem Schloß wohnte ein Graf. Er tat immer genau das Gegenteil von dem, was er tun wollte, deshalb war er sehr unglücklich, weil er eigentlich ein guter Mensch war. Aber immer, wenn er einen seiner Leibeigenen zum Essen einlud, hatte er ihn am Ende wieder aufgefressen. Dieser Graf hatte eine Tochter, die er sehr liebte. Sie hieß Lieselotte. Als er eines Tages zu Lieselotte sagte: ›Grab mir einen Keller und bring mir Wein daraus‹, fing Lieselotte an, einen Keller zu graben. Schon bald rief er: ›Wo bleibt der Wein? Ich bin sehr durstig!‹ Aber Lieselotte hatte ja nur eine ganz kleine Buddelschippe aus Plaste und war noch gar nicht weit gekommen mit Graben. ›Wein! Wein!‹ hallten die Rufe des Grafen durchs ganze Schloß, und Lieselotte wollte schon verzagen. Dem Grafen, der seine Tochter eigentlich zu einem Glas Wein einladen und ihr endlich verraten wollte, wann sie Geburtstag hatte, brach es das Herz, daß er immer so gemein zu ihr war. Er ging zu Lieselotte, um ihr zu sagen: ›Laß gut sein, ich sage immer das Gegenteil von dem, was ich denke, ich meine es nicht so, du kannst aufhören zu graben.‹ Aber wie erschrak er, als es seinem Mund entfuhr: ›Du blöde Schlampe, Tochter einer Hündin, ich verfluche dich, du wirst bis ans Ende aller Tage weitergraben, erst wenn sich ein Gerechter findet, der dir einen Liter kochendes Blei in den Schlund gießt, bist du erlöst!‹ Und seit diesem Tag gräbt sich Lieselotte mit ihrer Buddelschippe immer tiefer in die Erde, und ihr bitterliches Weinen dringt nach oben wie Donnergrollen.«

Als die Muhme fertig war mit ihrer Erzählung, schaute sie zu den drei Knaben auf und staunte nicht schlecht, denn die waren gar nicht mehr da. Sie kannten die Geschichte nämlich schon aus dem Fernsehen und hatten sowieso nicht vorgehabt, der Muhme die Haare zu schneiden.

»Elende Kanaillen!« schallte es durch den Wald, aber sie wohnte zu weit abseits vom Ort und niemand konnte sie hören.

Plötzlich wurde es Winter, und die Knaben bauten sich für den Heimweg aus Kienäpfeln und Borke, die sie am Wegrand fanden, einen Schlitten, denn sie waren sehr geschickt, wie alle Kinder aus der Helsingbergsonschen Heide. Ingemar wieherte schon vor Freude, er wollte ihnen unbedingt beweisen, wie stark er war, und ließ sich vor den Schlitten spannen. Und so ging es in munterem Galopp nach Hause, wo das Essen schon wieder auf sie wartete. Aber wo waren die Eltern? Die drei Häuser waren leer, kein Lebenszeichen. Auch die Teller hatte niemand angerührt. Da wurde es ihnen unheimlich zumute, sie rannten durch den frischen Schnee und riefen aus Leibeskräften. Aber wer sollte sie hören?

Und so machten sie sich mit Ingemar auf die beschwerliche Suche nach ihren Familien, auf der sie viele Abenteuer bestehen mußten, bis sie es endlich geschafft hatten, sie zu finden und alle zusammen Weihnachten feiern konnten; sogar den blinden Michel luden sie ein, auch wenn sie ihn nicht abbeißen ließen, aber er durfte an allem mal riechen.

Es sei denn, der blinde Michel hätte sich, weil er, seit sie ihm die Augen ausgestochen hatten, nach Rache sann, einen Suppentopf übergestülpt und wäre völlig unerkannt in den drei Häusern zum Essen aufgetaucht, um seine giftigen Beeren in die Suppe zu mischen und die Leichen durch den Wald zu zerren und in die Grube zu werfen, die er für sie gegraben hatte. Dann wäre er in seine Hütte gegangen und hätte sich sein Muhmenkostüm wieder angezogen und schallend gelacht.

Warum ich immer dachte, mich mit Computern auskennen zu müssen

»But I still believe in the excellent joy of the pong.«
Frank Black

Meinen ersten Computer baute mir mein Vater aus einer Streichholzschachtel. Man konnte jemandem eine Aufgabe stellen wie: »Wieviel ist 9 mal 3?« Wenn er dann »27« antwortete, schob man die Schachtel an der einen Seite auf, und auf dem Computer war zu lesen: »Richtig«, andernfalls schob man sie an der anderen Seite auf und erhielt als Ergebnis: »Falsch«.

Daß man mit Computern spielen konnte, war für mich eine wichtigere Entdeckung, als daß man mit anderen Dingen spielen konnte. Die Freude daran war uns sowieso frühzeitig von den Kindergartentanten verdorben worden. Ich machte diese Entdeckung im Kulturpark Plänterwald, wo es einen Stand mit »Pong« gab. Ich konnte nie genug kriegen von diesem heimatlosen Hin und Her des kleinen weißen Punkts auf dem schwarzen Bildschirm. Dafür traute ich mich sogar an den Punkern vorbei, die sich hier versammelten, weil man ihnen ohne Diskussion Bier ausschenkte. So ein Spiel wie Pong zu Hause, und ich würde in Zukunft freiwillig den Mülleimer runterbringen und nicht versuchen, seinen Inhalt auf die Papierkörbe der Wohnung zu verteilen, bevor meine Mutter nach Hause kam.

Ich bekam aber kein Pong, sondern Pickel. Davon lenkte ich mich auf dem Rummel ab, der zu Weihnachten zu uns ins Wohngebiet kam. »I just call to say I love you« schallte es immer wieder aus den Lautsprechern; die muskulösen, tätowierten Schausteller hielten nach Mädchen Ausschau, die sie auf dem Karussell beschützen könn-ten, bis ihnen schwindlig wäre und sie vergäßen, daß sie noch nicht 18 waren, aber ich kämpfte mich in einer Traube Jugendlicher nach vorn, um dem Champ zuzusehen, der es schaffte, für 50 Pfennig eine Stunde lang Donkey Kong zu spielen. In der Hand hielt ich mein eigenes abgegriffenes 50-Pfennig-Stück, das ich aus der Kirchenkollektebüchse meiner Mutter geklaut hatte, und wartete sehnsüchtig auf eine Gelegenheit, selbst Donkey Kong zu sein. Aber ich kam natürlich nie dran und mußte mein Geld an betrügerischen, mechanischen Geschicklichkeitsspielen verlieren, während sich nebenan Donkey Kong durch die Level hangelte. Als ich nach Tagen des Wartens endlich auch einmal spielen durfte, war ich innerhalb von zwei Minuten dreimal tot. Dabei hatte es so leicht ausgesehen.

Doch zum Glück zog die DDR nach und entwickelte Polyplay, einen politisch korrekten Spielcomputer, auf dem man Pacman spielen konnte. Natürlich nicht den richtigen Pacman, sondern einen mit Hase und Wolf. Wenn wir im Urlaub im Vogtland in der Gaststätte Vogtländische Schweiz verkochtes Sauerkraut aßen, hielt es mich nicht am Tisch, denn auf dem Flur stand Polyplay und dudelte seine unwiderstehliche Melodie. Ich war noch ganz durchnäßt vom Schlittenfahren, meine Handschuhe trockneten auf dem Heizkörper, die Betrunkenen gaben sich auf dem Weg zum Klo die Klinke in die Hand, aber ich fraß Möhre um Möhre und rannte vor den Wölfen weg. Hätte ich das Geld nicht von meinen Eltern erbetteln müssen, ich hätte nicht aufgehört zu spielen und stünde immer noch im Vogtland in der Gaststätte Vogtländische Schweiz.

Den nächsten Computer sah ich in meiner neuen Schule, an der mathematisch begabte Autisten daran gehindert werden sollten, die Freuden der Kommunikation für sich zu entdecken. Ich hatte mich für diese Schule damit qualifiziert, daß ich zum Aufnahmegespräch zu spät gekommen war, und galt deshalb als besonders begabt. Jeweils zwei von uns arbeiteten an einem Z9001. Mein Partner hieß Bergman, aber nicht Ingmar, sondern Uwe. Er öffnete den Mund nie, weil es ihm zu dumm war, auf die dummen Fragen der Lehrer zu antworten. Infolgedessen stank es schrecklich, wenn er ihn doch einmal öffnete. Meist geschah das, um mir mitzuteilen, daß ich ein Versager sei. Denn Bergman hatte einen Atari zu Hause und konnte im Gegensatz zu mir längst programmieren. Die Woche über notierte ich meine Basic-Programme auf Löschpapier, ich fing immer wieder von vorn an mit »Begin« und schrieb auch schon ans Ende »End«, dazwischen Dinge, wie »For i=1 to 10 step 1«, aber wenn ich sie endlich abgetippt hatte, funktionierten die Programme nie oder die Stunde war zu Ende. Dann nahm sich Bergman die Tastatur und tippte die Lösung für die Aufgabe, mit der wir uns eigentlich die nächsten Monate über beschäftigen sollten, aus dem Stand ein. Dabei fluchte er auf die unpraktische Ost-Tastatur, obwohl er sein Gehirn in den Dienst dieses Staats stellen wollte. Ich dachte, ich könnte das Mißverhältnis zwischen unseren Kenntnissen überwinden, wenn ich einen eigenen Computer hätte, um meine ganze Zeit daran zu verbringen. Aber als ich einen eigenen Computer hatte und meine ganze Zeit daran verbrachte, roch ich lediglich auch bald aus dem Mund.

Es war nicht schwer gewesen, meine aus Ostpreußen stammende Mutter zu überreden, für ihre Vertriebenenabfindung im Intershop einen C-64 zu kaufen. Schließlich war das der Schlüssel zu einem Beruf, in dem ich so wichtig für die DDR würde, daß die DDR mich nicht mehr fragen würde, wie wichtig mir die DDR sei. Zu Hause schloß ich den C-64 an den Farbfernseher an. Über den Bildschirm legte sich strahlend blauer Himmel, gekrönt von den Worten: »64k Ram System 38911 Basic Bytes free ready.« 38911 Basic-Bytes für mich allein, dachte ich und genoß meine Gänsehaut. Aber da war ja noch mein Bruder, der auch ein paar Bytes abhaben wollte. Ein Konflikt, der uns die nächsten Jahre über fest zusammenschweißte, so lange, bis unsere Mutter nach Hause kam und uns auseinanderzerrte.

Nachdem ich ein Basic-Programm aus dem Handbuch abgetippt hatte und nunmehr »Yellow Submarine« wahlweise mit Orgelpfeifen und Pferdehufen und in verschiedenen Geschwindigkeiten spielen lassen konnte, wußte ich schon nicht mehr, was ich mit dem Computer machen sollte. Da hörte ich von einem Computerclub im »Haus der Jungen Talente« an der Klosterstraße. Ich fuhr bei der nächsten Gelegenheit hin und fand einen Raum voller Knaben vor, die in ihrer Sprache alle Verben durch Computerbegriffe ersetzt hatten. Wenn sie sich etwas merken wollten, sagten sie »absaven«, wenn sie etwas benutzten, sagten sie »usen«. Viele hatten ihren eigenen C-64 mitgebracht und kopierten eifrig aus dem Westen eingeschmuggelte Computerspiele. Ich ergatterte an diesem Abend ein Spiel namens »Bruce Lee« und zitterte auf dem Heimweg vor Aufregung. Den ganzen folgenden Monat drehten sich meine Gedanken um das kleine wendige Männchen, auf das in jedem Raum so viele Gefahren warteten. In manchen Schulstunden schaffte ich es sogar, so intensiv daran zu denken, daß ich mit einem Bleistift als Joystick die ersten Level im Kopf durchspielte. Als ich nach hartem Training und zahlreichen Rückschlägen endlich einmal alle Levels schaffte, erschien oben am Bildrand eine Laufschrift: »Congratulations!« Ich hatte zum ersten Mal im Leben etwas erreicht.

Die nächsten Wochen über versuchte ich, »Bruce Lee« in möglichst kurzer Zeit durchzuspielen, bis auch das nicht mehr möglich war; ich brauchte neuen Stoff. Aber mein Vater wurde mißtrauisch. Er hatte gedacht, daß wir den teuren Computer dazu nutzen würden, um zu Hause CAD/CAM zu üben, und nicht, um auf dem Roten Platz zu liegen und den Spasski-Turm zusammenzuschießen. Eines Tages, kurz vor den Weihnachtsferien, kam er ins Zimmer gestürmt, riß alle Kabel heraus und entführte unseren C-64 in sein Schlafzimmer. Wir saßen völlig orientierungslos im Zimmer herum. Ich fing an, Kleingeld zu sortieren, und mein Bruder schnüffelte an seinen Klebstofftuben. Ferien war, was wir jetzt am wenigsten brauchten. Es wurde ein trauriges Weihnachten, aus Verzweiflung versuchten wir mit Gummibällen zu spielen, aber wir hatten verlernt, wie sie zu bedienen waren.

Später bekamen wir den Computer zurück und besorgten uns neue Spiele. Einen meiner größten Momente verschaffte mir »Elite«, eine Raumschiffsimulation, die viel besser war als die Wirklichkeit. Die Raumschiffe waren durchsichtig, man sah nur die Kanten, das Weltall war schwarz und voller Sterne, jeden konnte man ansteuern, man hätte allerdings Jahre dafür gebraucht. Man kaufte auf Planet Lenin Waren, spekulierte, verkaufte sie auf Alpha Centauri und wurde befördert. Meine erste gelungene Landung auf einem Planeten schaffte ich morgens vor der Schule. Der Donau-Walzer erklang, ich konnte mich mit Kupfer und Lebensmitteln eindecken und den Spielstand abspeichern. In der Schule verbreitete sich die Nachricht wie ein Lauffeuer, ich mußte Interviews geben und die Feinheiten des Landemanövers erläutern, weil daran bisher alle gescheitert waren.

Danach hielt mich Zack McCracken Wochen von der Welt fern, dieses Adventure übertraf alles, was ich draußen in dieser Zeit hätte erleben können. Wenn man zum Beispiel dem Guru in Indien ein Buch mitbrachte, das man von einem tanzenden Hare-Krishna-Mönch auf dem Flughafen von Los Angeles bekommen konnte, wenn man ihm ein Lied auf der Flöte vorspielte, das man einem Taxifahrer abgelauscht hatte, dann brachte einem der Guru das Meditieren bei. Das dauerte ein paar Jahre, aber danach konnte man schweben und sich in jedes andere Lebewesen hineinversetzen. Hatte man vorher als Handlungsoptionen: »nach rechts gehen«, »nach links gehen«, »heb das auf«, »frag mal den da hinten«, dann bekam man, wenn man sich zum Beispiel in eine Kuh versetzte, die Handlungsoptionen »nach rechts gucken«, »nach links gucken«, »kauen«. Damit konnte man natürlich nicht viel anfangen, aber so geht es den Kühen ja wohl auch. Wenn man sich gar in den Goldfisch versetzte, konnte man nicht mal mehr kauen, sondern nur noch im Kreis schwimmen. Aber man bekam ja erst viel später mit, wozu der Goldfisch überhaupt da war, das Glas konnte man nämlich als Kosmonautenhelm benutzen, wenn man hoch zum Mars wollte, wo in einem Schrank ein Fäßchen Kettensägenbenzin stand, das man bei Maniac Mansion, dem Vorgängerspiel von Zack McCracken, die ganze Zeit vergeblich gesucht hatte und jetzt gar nicht mehr brauchte. Im übrigen mußte man bei diesen spirituellen Aktionen vorsichtig sein, weil nach kurzer Zeit die Außerirdischen mit ihren Cowboy-Hüten und Marx-Brothers-Masken ankamen und einen auf ihr Raumschiff verschleppten, wo ihr Chef, der sich für Elvis hielt, nur zu besänftigen war, wenn man ihm eine Plastegitarre schenkte, vorausgesetzt, man hatte die zufällig ganz am Anfang des Spiels im Trödelladen gekauft. Ich habe noch nie ein Buch gelesen, das mich so gefesselt hat wie dieses Computerspiel. Und nebenbei war die Hineinversetzerei für mich der erste Schritt zum Schriftsteller. Ich hätte sonst vermutlich nie mein Ich verlassen und keine anderen Handlungsoptionen als »nach rechts gucken«, »nach links gucken«, »Fernbedienung suchen« kennengelernt.

Wenn ich heute im Kaufhaus einen Blick auf diese dreidimensionalen Kampfspiele werfe mit ihren sich auf hohem Niveau vollkommen unrealistisch bewegenden Figuren, denke ich wehmütig an meinen C-64 zurück, bei dem niemand auf die Idee gekommen wäre, die Realität so ungeschickt nachzubilden. In der Beschränkung liegt die Poesie. Allein von den acht Grundfarben, aus denen das C-64-Symbol bestand, bekomme ich eine Gänsehaut. Nein, es steht außer Frage, früher war alles besser, ich will keine Playstation, ich will kein »Counter-Strike«, ich will wieder ein kleines, behendes Bruce-Lee-Männchen sein und mich Level für Level durch mein Leben kämpfen, bis ich einmal sterben muß.

Ein Abend mit Los Desastres

Die neue »Brillenschlange« war endlich fertig, das Heftchen der Chaussee der Enthusiasten. Natürlich mußte es eine Heftchen-release-Party geben. Die Frage war nur, wie viele Leute wir für die Security brauchten. Dan wollte das selbst machen, ich war für drei Bodybuilder. Bloß keine ungeladenen Geburtstagsgäste, schließlich war als Termin dummerweise nur noch Führers Geburtstag frei gewesen. Es deutete dann auch wirklich alles auf ein Desaster hin. Die Mädchenband, wegen der alle kommen würden, war plötzlich nicht mehr zu erreichen. Der Sicherheitsverantwortliche Stein meinte zwei Tage vorher, er wolle »mit dem Ganzen nichts mehr zu tun haben«. Die Besitzer des Altdeutschen Ballhauses, Mutter und Tochter Juckel, sahen in uns Abgesandte des Bösen, obwohl wir sie nach allen Regeln der Kunst umschmeichelten. Sie hielten sogar ihre Enkelin vor uns versteckt, damit sie nicht plötzlich auf die Idee käme, zu studieren. Sie wollten sie lieber zum Mädchen für alles ausbilden. Am Tag des Konzerts rief dann Dan an: »Ich glaub, ich bin krank.«

Er klang so erkältet, daß ich fast Angst bekam, mich übers Telefon anzustecken.

»Kannst du trotzdem singen?«

»Höchstens ein Lied.«

»Hoffentlich sind die ›Poptorten‹ wenigstens gut.«

»Die eine von denen hat sich den Fuß gebrochen. Kennst du nicht noch irgendwen, der einspringen könnte?«

In so einer verfahrenen Situation kam eigentlich nur eine Band in Frage: Los Desastres. »No Woman, No Sex, Los Desastres« war inoffiziell ihr voller Name. Ihre Fanpost las sich so: »Hallo, ich war bei euerm letzten Konzert und ich hoffe, es bleibt euer letztes.« Bei ihrem internen Wettbewerb, wer von ihnen als letzter eine Freundin finden würde, ging es heiß her. Ein Kopf-an-Kopf-Rennen zwischen Schlagzeuger, Gitarrist und Keyboarder. Nur der Sänger hatte infolge familiärer Probleme schon früh eine Freundin gehabt. Los Desastres waren die einzige Band der Welt, die weniger Geschlechtsverkehr hatte als ihre Fans, nicht mal die frühen Jackson Five hatten das geschafft. Auf ihren Konzerten kam es immer wieder zu ekstatischen Szenen, alle schwärmten hinterher von der durch die Musik provozierten allgemeinen Willigkeit, nur sie selbst waren wieder einmal Zuschauer geblieben, und das, obwohl sie auf der Bühne standen.

Ihre Musik war so langsam, daß es einen ganz nervös machte. Sie war dem Geräusch müder hinkender Pferdehufe abgelauscht. Ein Cowboy, der seit zwei Tagen im Sattel saß, einen Pfeil im Rücken, ein Bein amputiert, Wundbrand überall, sein halber Körper hing hinten über dem Pferd, wäre er nicht festgebunden gewesen, wäre er schon runtergefallen und von den hinterherlaufenden Hyänen gefressen worden. Den Melodien, die diesem Cowboy durch den Kopf gingen, spürten Los Desastres nach. Einmal hatte sie jemand proben hören und war so begeistert gewesen, daß er sie ansprach. Er drehte einen Dokumentarfilm über Behinderte und suchte noch nach der passenden Musik.

Der Keyboarder kam als erster, er guckte mich ernst an und zeigte auf seinen Hals, er war erkältet und konnte nicht reden. Der Schlagzeuger war dicker geworden und trug eine Brille, ich schüttelte ihm die Hand. Schade, das war doch so ein hübscher Junge gewesen. Später schüttelte ich ihm noch einmal die Hand, und er sah wieder aus wie immer. Ich hatte einen Fremden mit ihm verwechselt. Der Fremde grinste mich den ganzen Abend lang an. Eine typische Szene für ein Los-Desastres-Konzert. Der Höhepunkt ihrer Bühnenshow war diesmal, daß sich der Sänger auf einen Hocker setzte.

Bisher waren noch keine Nazis in Sicht, nur ein Fernsehteam von der Deutschen Welle. Sie wollten uns ganz kurz ein paar Fragen stellen. Nach einer halben Stunde hatten sie es geschafft, ihre Handkamera auszupacken. »Kann's jetzt losgehen?« – »Nein, der Ton fehlt noch.« Nach einer weiteren halben Stunde hatte der Tonmann auf dem Klo abgeschüttelt und anschließend seine Kabel auseinandergeknüppert. Dann kamen die Fragen: »Worin unterscheiden Sie sich von Günter Grass?« Die Frage irritierte mich, ich hatte sie mir so noch nie gestellt. Unterschied ich mich überhaupt noch von ihm?

»Könnten Sie bitte etwas lauter sprechen?« fragte mich die Redakteurin, obwohl ich noch gar nichts gesagt hatte.

»Ich spreche immer so leise.«

»Und könnten Sie mich vielleicht ansehen beim Reden?«

»Ich sehe nie jemanden an, ich kann dabei nicht nachdenken.«

»Na gut, dann sehen Sie an mir vorbei, aber bitte nicht in die Kamera, ja?«

Plötzlich war ich davon überzeugt, Grippe zu haben. Wenn ich mich jetzt auf die Bühne lege, dachte ich, würden alle denken, mir ginge es nicht gut, zu mir hineilen und mich fragen, was mir fehlt. Dabei würde ich mich dort liegend viel besser fühlen. Statt dessen könnten doch jetzt alle zu mir hineilen und fragen, was mir fehlt.

Los Desastres hatten für die richtige Stimmung für die anschließende Lesung gesorgt. Dan und ich führten durchs Programm: »Ich bin gerade von meiner Freundin verlassen worden«, legte Dan vor. »Und ich von meiner Exfreundin«, ließ ich mich nicht lumpen. »Schön, daß ihr alle trotzdem gekommen seid, obwohl Stephan Zeisig die Plakate in der Mitte geknickt hat.« Wir bedankten uns auch noch einmal ausdrücklich bei den Betreibern des Altdeutschen Ballhauses für ihr Entgegenkommen, das darin bestand, nicht gleich ihren Hund auf uns zu hetzen. Niemand wußte, was Juckels für ein Spiel spielten. Ihr Ballhaus war das ganze Jahr über zum Fasching geschmückt und hatte so gut wie nie Besucher. In den langen, einsamen Stunden an der Abendkasse bereitete Frau Juckel ihre Angebote für die Kinderüberraschungseiertauschbörse vor. Ich war mir sicher, daß die Familie im oberen Stockwerk ein Bordell betrieb. Der Klomann steckte mit ihnen unter einer Decke. Er wolle »auch mal nach links und rechts gucken«, hatte er gesagt. In Wirklichkeit lockte er sicher gerne junge Frauen in seine Garderobe, die das Klo nicht fanden. Und dann wachten sie als Mädchen für alles wieder auf.

Dabei schien Juckels Geld gar nicht zu interessieren. Sie bemühten sich nicht, ihre Getränke zu verkaufen. Sie waren wohl überhaupt gegen Besucher. Eine völlig neue Welt tat sich für sie auf: junge Menschen. Stein, der Einlasser, schlug vor, jemanden zu engagieren, um Juckels aus dem Weg zu räumen. »Geld ist da«, meinte er. Anders wäre dieser Saal nicht länger zu betreiben.

Ich sah mich nach den anderen um. Los Desastres hatten sich mal wieder alle die gleiche Frau ausgesucht. Sie konnte sich nicht entscheiden und schlief überfordert ein. Stephan Zeisig suchte seine zukünftige Exfreundin, wegen der er seine bisherige Märtyrerin verlassen hatte. Robert Naumann saß schweigend am Einlaß und paßte auf die Kasse auf. Ich fragte ihn, ob alles okay sei.

»Ich schlaf gleich ein«, antwortete er.

»Was ist denn los?«

Er verriet mir, daß sein 15jähriger Sohn für 1500 Mark telefoniert habe. Was machte man mit so einem Sohn? Ausschimpfen? Rausschmeißen? Arbeiten schicken? Enterben wäre sinnlos, irgendeiner mußte ja später mal die Schulden übernehmen.

Juckels war alles zu laut. Aber die Zuschauer verlangten, daß wir lauter drehten. Wenigstens bei dem einen Lied. Der ganze Saal sang mit: »I don't love you anymore, no, I don't love you anymore!« Das war doch zynisch, mit so etwas Traurigem Geld zu machen.

Plötzlich tauchte ein alter Bekannter auf, mit einem Blitzen in den Augen, als hätte er seinen Glauben an das Gute wiedergefunden. Ich hatte gar nicht gewußt, daß er hier war.

»Es hat geklappt«, sagte er.

»Was?«

»Na, mit der Russin, wir sitzen die ganze Zeit unten in der Bar.«

Ich mußte spontan meinen Kopf auf eine Stuhllehne legen. Es hatte also geklappt. Wie schön, wenn ich schon sterben mußte, sprangen wenigstens andere in die Bresche und fanden ihr großes Glück.

Die letzten zwei Stunden stellte sich Frau Juckel neben die Anlage, um DJ Andreas Gläser mit ihrer Präsenz einzuschüchtern. Aber der war betrunken und wollte nicht leiser drehen. Ich versuchte zu vermitteln und kämpfte mich zum Mischpult vor.

»Stehen sie hier, damit niemand durchkommt?« fragte ich Frau Juckel, die mir im Weg stand.

»Nee wieso?«

»Na, weil niemand durchkommt.« Wenn sie jetzt nicht wegginge, wäre ich geliefert. Bei dem Versuch, sie zur Seite zu schieben, würde ich mein Gesicht verlieren. Ich mußte ihr versprechen, ihre verschwundene Fetenhits-CD zu suchen, dann machte sie einen Spalt frei und ließ mich zwischen ihren Beinen durchkrauchen.

Am Morgen suchte Stephan immer noch seine neue Exfreundin in spe, Robert suchte 1500 Mark, Volker suchte einen Grund, sich nicht umzubringen, Dan lag mit Grippe im Bett, Andreas suchte die Play-Taste, damit die Musik weitergehen konnte, und ich suchte Frau Juckels Fetenhits-CD.

Im Bett fiel mir auf, daß gar keine Nazis gekommen waren. Das einzige, was mich an diesem Abend an Hitler erinnert hatte, war mein gespanntes Verhältnis zu Frauen.

Wie ich einmal nach Frankreich gefahren bin, um zu essen wie Gott

In der Bretagne haben einmal die Kelten gelebt, und das zu einer Zeit, als sie auch sonst überall in Frankreich lebten. Als die Kelten dann von den findigeren Römern besiegt wurden, mußten sie feststellen, daß die Römer bessere Klamotten hatten, weniger Zahnausfall und Häuser aus Stein. Deshalb haben sie bald aufgehört, Keltisch zu sprechen. Die Römer ihrerseits haben, um sich beliebt zu machen, die Hosen der Kelten gelobt, so etwas kannten sie nicht. Nach wenigen hundert Jahren sprachen alle Kelten Latein, bis auf ein paar wenige, die ganz oben links in einer windigen Ecke lebten. Die Wissenschaft streitet sich nun, ob diese letzten Kelten, die Bretonen, nur nichts mitbekommen haben von der Invasion, ob die Römer sie vergessen haben oder ob sie so tapfer waren, daß sie widerstehen konnten. Manche meinen auch, daß sie erst viel später aus England herübergesegelt sind, in dem Glauben, Amerika entdeckt zu haben. Fest steht jedoch, daß es kein Römer lange in diesem Landstrich ausgehalten hätte, in dem man die Häuser eingekeilt zwischen Felsen hätte bauen müssen, um sie gegen den Wind zu schützen. Die Bretonen selbst schliefen ja in Erdkuhlen, was hart war, weil es gar keine Erde gab. Die flog immer mit dem Wind davon, es war also auch nicht leicht, etwas zu essen anzubauen, die wenigen Körner, die auf den Felsen wuchsen, mußten lange reichen. Die Menschen waren dementsprechend kleinwüchsig, nichts für römische Kenneraugen. Das einzige, was es hier reichlich gab, waren Äpfel, irgendein Araber hatte mal einen Apfelgriepsch liegengelassen. Um an die Äpfel heranzukommen, benutzten die Bretonen ihre Dudelsäcke, von deren Klang fielen sie herunter, wie auch die Möwen und überhaupt alles Lebendige. Sie kochten Apfelkompott, buken Apfelkuchen und tranken Apfelwein. Niemand aus der restlichen Welt wollte mit ihnen reden, deshalb behielten sie ihre Sprache, die aus Lauten bestand, die auch bei starkem Sturm zu hören waren.

Dann kam der Erste Weltkrieg, und die Franzosen erinnerten sich an ihre knorrigen Bretonen und setzten sie vorwiegend in den ersten Frontreihen ein, wo es die meisten Verluste gab, gleich neben den Soldaten aus den afrikanischen Kolonien. Die Bretonen wußten nicht, worum es überhaupt ging, sie sprachen ja kein Französisch. Abends erkundigten sie sich am Lagerfeuer nach »Bara« und »Gouin«, Brot und Wein. Die Franzosen verstanden das nicht und erfanden das Verb »baragouiner«, was soviel wie »unverständliches Zeug brabbeln« heißt.

Inzwischen hatte sich das Schulwesen bis in die hintersten Winkel Frankreichs verbreitet, und das Hauptanliegen der französischen Bildungspolitik war natürlich, daß alle Franzosen Französisch lernten, und zwar alle mit dem gleichen Lesebuch. Der erste Satz in diesem Lesebuch hieß: »Nos ancêtres les gaulois«, »Unsere Vorfahren, die Gallier«, was vor allem die Senegalesen und Algerier noch gar nicht gewußt hatten. Um den Bretonen ihre Sprache auszutreiben, wurde den Kindern verboten, in der Schule bretonisch zu reden. Der jeweils letzte, der dabei erwischt wurde, bekam einen Holzschuh um den Hals gehängt und paßte genau auf, um ihn wieder loszuwerden. So starb das Bretonische, das seit Urzeiten überlebt hatte, dank der modernen französischen Bildungspolitik in wenigen Jahren aus. Den Bretonen blieb nur der Kummer und die wehmütige Erinnerung an ihre knorrigen und stämmigen Vorfahren, die sie im Cidre ertränkten.

Heute sind viele von ihnen Fischer, die anderen sind Bauern. Die Bauern sehen die Fischer nur, wenn diese ein paar Tage Landgang haben und sich die Hucke vollsaufen. Deshalb sind die Bauern, die ja nie frei haben, der Meinung, die Fischer würden nichts tun, und können sie nicht leiden. Die Frauen der Fischer müssen die meiste Zeit ohne ihre Männer auskommen. Oft bleiben die Fischer auch länger fort, weil sie untergegangen oder abgehauen sind. Weil sich das aus der Entfernung schwer entscheiden läßt, wird der Tod eines untergegangenen oder abgehauenen Fischers erst nach fünf Jahren offiziell bestätigt. Auf manchen Inseln, auf denen sich fast nie Männer blicken lassen, hat sich deshalb ein Matriarchat entwickelt. Die Kinder fürchten nichts mehr, als daß der Papa in Pension geht. Sie haben ihn bis dahin nur betrunken erlebt und eigentlich nie vermißt.

Meine Reise nach Frankreich, ins Land der Hohen Küche, führte mich ausgerechnet in die Bretagne. Um mich langsam einzustimmen, ging ich zuerst zu McDonald's und bestellte mir einen »Ambürschör«. Er schmeckte genauso wie zu Hause, aber man mußte viel länger darauf warten. Am nächsten Tag wagte ich mich an einen Döner Kebab. Der Mann fragte mich: »Avec sauce?« Ja, genau, dachte ich, »avec sauce«. Er schnitt ein Baguette auf, füllte es bis zum Rand mit grau angehauchtem Kebabfleisch, Sauce béarnaise und, wer hätte das gedacht, mit Pommes frites.

Später besorgte ich mir ein frisches Baguette, um damit spazierenzugehen, und einen Regenschirm gegen den Möwendreck. Der Regenschirm war dann auch wie geschaffen als Schutz gegen den Regen. Es gab hier eine universelle Bauernregel: »Wenn es nicht regnet, regnet es nachher.« Und vielleicht noch eine zweite: »Wenn es regnet, hat es vorhin wahrscheinlich auch geregnet.«

Weil ich in Frankreich war, aß ich zum erstenmal Austern. Am nächsten Tag sagte mir jemand: »Der Trick ist, du mußt lange darauf kauen, sonst leben sie im Bauch weiter und dir wird schlecht.«

Ich spürte, wie sich die Austern in meiner Magensäure hin und her wälzten und versuchten, sich durch den Zwölffingerdarm davonzumachen. Ich stellte mir vor, wie sie mir wie ein riesiger, schleimiger Poltergeist wieder aus dem Mund gekrochen kämen. Nachts schlief ich schlecht und träumte, daß mir ein Zahn ausfiel. Jemand erklärte mir, daß das Kastrationsangst sei. Vor allem, da der Zahn noch an einem Faden gehangen hatte, den ich selbst durchreißen mußte. Er erzählte mir, daß er einmal geträumt habe, daß er sich beim Zähneputzen alle Zähne mit einem Mal herausgeschrubbt habe, die dann durchs Badezimmer geflogen seien wie Glasperlen.

Am letzten Abend ging ich noch einmal in die Kneipe. Da die Bretonen die meiste Zeit betrunken sind, weil sie immer noch nicht darüber hinweggekommen sind, daß die Kultur ihrer Ahnen kaputt ist, kann der Kenner an ihrem Verhalten ablesen, was sie getrunken haben. Vom Chouchenn, einem Honigschnaps, läuft man zum Beispiel rückwärts die Straße runter. Es gibt aber auch einen Apfelschnaps, von dem man Lust bekommt, bei McDonald's in der Kinderecke mit den bunten Kugeln zu spielen. Und es gibt einen besonders starken Kartoffelschnaps, von dem man anfängt, Bretonisch zu sprechen. Man sieht dann auch Drachen und Feen aus den Gullys gucken, und wenn es ganz schlimm kommt, erscheint einem Ankou, der Tod. Dann muß man sich genau merken, was Ankou gemacht hat. Es ist nämlich so, daß fast jedes Ereignis hier mit ihm zu tun hat. Es gibt sogar ein dickes Buch darüber. Wenn eine Kuh hinter einer anderen Kuh herläuft und dabei so komisch mit dem Kopf wackelt, heißt das, daß man in der nächsten Zeit genau darauf achten muß, ob etwas Seltsames passiert. Wenn man über die Türschwelle stolpert, heißt das, daß bald jemand sterben wird. Zu Silvester wirft der Vater Stullen in die Luft. Wessen Stulle auf der Marmeladenseite landet, der wird im nächsten Jahr sterben. Natürlich kann man sich gegen Ankou schützen, indem man einen Menhir in seinem Garten aufstellt. Manche sagen, diese Steine stellen Krieger dar, manche sagen, sie stellen Phallusse dar. Manche sagen, sie stellen beides gleichzeitig dar, was zumindest für die frühen Menhire einleuchtend erscheint, deren Köpfe noch keine Nasen hatten. Die Christen haben aus der Spitze, die entweder den Kopf eines Kriegers oder eines Phallus' darstellte, einfach ein Kreuz gemeißelt, und fertig war die Christianisierung. Wir alle bezahlen sie mit Zahnausfallträumen.

Schriftsteller, die ich gerne wäre, Teil 3: Franz Kafka

Kafkas Leben muß wohl als kafkaesk bezeichnet werden. Vor allem den Frauen hat er mit seiner Einstellung zur Partnerschaft viel abverlangt. Er lernte sie in Berlin bei einer Einladung zum Essen kennen, das heißt, er sah sie am anderen Ende des Tisches sitzen und schrieb ihnen dann aus Prag lange Liebesbriefe, in denen er ihnen aber dringend davon abriet, ihn zu besuchen. Wenn sie dann doch einmal kamen, machten sie natürlich alles falsch. Wie konnten sie so dumm sein, seine Uhr zu stellen, sie hätten sich doch denken können, dass Kafkas Uhr nicht zufällig nachging.

Sein ganzes Leben lang hat er immer etwas begehrt, um es sich dann in mühsamer Schreibarbeit madig zu machen. So war es mit der Hochzeit, mit der Religion und natürlich auch mit Amerika, das er beschrieb, ohne es gesehen zu haben. Das ist ein alter Schriftstellertrick, denn wie soll man so etwas wie Amerika beschreiben, wenn man es gesehen hat? Dann kann man nur schreiben: »Mir fehlen die Worte, um so etwas wie Amerika zu beschreiben.« Viel besser ist es, zu sagen: »Mir fehlen die Dinge, um sie mit so etwas wie meinen Worten zu beschreiben.«

Weil Kafka zum Schreiben absolute Ruhe brauchte und seine Familie nicht einsehen wollte, daß sie ihre Abende bewegungslos im Sessel sitzend zu verbringen hatte, hat er sich einen Keller gewünscht mit tiefen Gängen, an deren Ende er eine Kammer bewohnen wollte, aus der er nur einmal am Tag herausgeschlurft käme, um ein am anderen Ende des Kellers bereitgestelltes Tablett mit Essen abzuholen. Es hätte aber auch ein Bahnwärterhäuschen an einer Strecke in Sibirien sein dürfen, Hauptsache, sie wäre stillgelegt.

Man kann heute kaum noch eine Geschichte über ein Tier schreiben, die Kafka nicht schon geschrieben hätte. Käfer, Mäuse, Ratten, Affen, Hunde, Maulwürfe hat er zu Hauptfiguren seiner

Erzählungen gemacht, uns bleiben nur noch Schafe, Elefanten und Koala-Bärchen. Aber wenn man ehrlich ist, kann man heute sowieso überhaupt nichts mehr schreiben, wenn man einmal den Fehler gemacht hat, eine Seite von Kafka zu lesen.

Am meisten hat die Nachwelt an Kafka immer beeindruckt, daß er testamentarisch verfügt hat, nach seinem Tod alle seine unpublizierten Texte zu verbrennen und die Bücher möglichst nicht mehr zu lesen, und daß er damit ausgerechnet seinen besten Freund beauftragt hat, von dem er sicher sein konnte, daß er sich nicht an die Anweisung halten würde. Ein Schriftsteller, der seine Werke nicht verbrennen will, ist seitdem nicht mehr glaubwürdig. Von den besten Schriftstellern hat man deshalb allerdings auch nie ein Wort gelesen.

Wenn Kafka heute leben würde, würde ihm seine Ticks niemand mehr abnehmen. Das ist ja schön, so ein Image, aber wahrscheinlich auch nur ein PR-Gag. Er müßte in Interviews mit der ›Brigitte Young Miss‹ die Frage beantworten, ob ›Die Verwandlung‹ autobiographisch sei und ob er vom Schreiben leben könne. Er würde es wahrscheinlich auch nicht schaffen, an Tuberkolose zu sterben, und eh er sich's versähe, würde er im Fernsehen sitzen und seine Sendung »Vorsicht Kafka!« moderieren, bei der er die Gäste mit seinem Schweigen irritieren und mit seinen dunklen Augen durchbohren würde.

Der einzige Vorwurf, den man Kafka machen kann, ist, daß er nur gute Sätze geschrieben hat. Das macht die Lektüre so mühsam, weil man jedes Wort lesen muß, will man nicht etwas Wesentliches verpassen. Aber obwohl er immer versucht hat, das zu verhindern, findet man auch bei ihm Lieblingsstellen. Meine persönliche ist der Schluß von ›Amerika‹, er enthält die Lösung für alle unsere Probleme. Der Held bewirbt sich bei einem »Naturtheater in Oklahoma«, das den Vorteil hat, jeden zu engagieren. In diesem Theater spielt nämlich jeder sich selbst. Das Leben würde nicht mehr so weh tun, wenn jeder nur sich selbst spielen würde und sich nicht für den Text entschuldigen müßte. Für den kann man schließlich nichts.

Frankfurt, nein, nicht an der Oder

Niemand hat etwas gegen Verrückte, solange sie einem nicht hinterherlaufen und einen segnen wollen, sondern Bücher schreiben. In Frankfurt am Main, wo ja schon Goethe geboren ist, wird jedes Jahr eine Art großer Buchladen aufgebaut, in dem sich auch Unbegabtere einmal am Klauen versuchen können. Die Stadt ist ein weiterer Eintrag auf unserer Liste: »Städte, die man vielleicht noch als Auffanglager nutzen könnte«. Immerhin, es gibt ein paar Wolkenkratzer, die ja einen Teil meiner Lebensphilosophie ausmachen, wenn man bei Wolkenkratzern und bei meinem Leben von Philosophie sprechen kann. Man fragt sich immer, was hätte Goethe, der ja auch schon in Frankfurt geboren ist, dazu gesagt, daß da jetzt Wolkenkratzer stehen. Man fragt sich ja überhaupt bei so vielen Dingen, was Goethe dazu gesagt hätte. Goethe hat sich ja praktisch für alles, was nicht niet- und nagelfest war, interessiert, und es gehört auch heute noch zum guten Ton zu wissen, welche Meinung er zum Licht, zum Schachtelhalm oder zur Kinderpornographie im Internet hatte. Wäre Goethe auf einen der Frankfurter Wolkenkratzer gestiegen wie auf das Straßburger Münster, oder wäre er zur Buchmesse gegangen und hätte ›Die Leiden des jungen Werther‹ signiert? Nein, Goethe wollte immer frei sein, und frei ist man auf Wolkenkratzern und nicht in schlecht belüfteten zu groß geratenen Garagen, in denen sich Verlage wie »Edition Der echte Sozialismus« tummeln. Leider hat man als heutiger Schriftsteller nicht mehr die Möglichkeit, sich durch ein paar Gedichte für ein Ministeramt zu qualifizieren, und in einer Kutsche nach Rom will man auch nicht flüchten, die ganzen Deutschen da würden einen nur schräg angucken.

Mein Lieblingsstand auf dieser Messe war der von Horst P., einem hochbetagten Philosophen, der lauter Bücher mit dem Titel ›Methode‹ schreibt. Sein neuestes Werk, 500 S., 340 DM, heißt ›Methode Bd. V‹. Auf dem Werbezettel steht: »Dieses Werk läßt sich als

Schlüsselwerk zum Gesamtwerk von Horst P. bezeichnen. Das Umstilisierungsprogramm setzt hier gegen die moderne Haupttendenz, den Immanentismus, an. Damit ist die gesamte metaphysikfremde Abstiegsbewegung bis einschließlich der existenzialistisch-sozialistischen Fundamentalontologismen an der Wurzel gepackt. P. überwindet sie durch eine Umstrukturierung, die in Richtung von Plotin vorangeht, aber nun von Plotin einen völlig anderen, angemesseneren Gebrauch macht als Schopenhauer.«

Während ich das lese, knabbert Horst P. an seinen mitgebrachten Klappstullen. Als er einen Schritt auf mich zu macht, renne ich weg. Bei solchen Begegnungen fällt mir immer auf, wie zweifelhaft die Maxime »Du mußt an dich glauben« ist. Nietzsche hat zu Lebzeiten 500 Bücher verkauft und trotzdem an sich geglaubt. Und ist nicht unser aller Denken heute noch nachhaltig von Nietzsche geprägt? Natürlich nur, sofern wir von ihm einen angemesseneren Gebrauch machen als, sagen wir, Hitler. Jeder, der an sich glaubt, hat natürlich Nietzsche als Vorbild. Auch Horst P., sonst wäre er jetzt glücklich in einem glücklich machenden Beruf.

Um die Zeit rumzukriegen, beschäftige ich mich damit, alle umsonst ausgelegten Zeitungen zu lesen. Immerhin erfahre ich so, daß Britney Spears noch Jungfrau ist und Mel C Depressionen hat, was mir die Wahl zwischen beiden nicht erleichtert.

Abends gehe ich zur Party eines unangepaßten Verlags. Er verspricht auf seinem Flyer: »Kein Frackzwang, keine Reden, keine Schriftsteller, Party pur.« Der Saal ist das schrägste, was Frankfurt zu bieten hat, ein bißchen wie der Friedrichstadtpalast. Auf der Bühne gibt uns die verkannte Schwester von Hildegard Knef die Ehre, in Wirklichkeit ist sie aber ein Kabarettist. Gute Idee, denke ich, bis ich eine Weile zugehört habe. Am Eingang gab es zwei Getränkebons, so daß man nichts bezahlen muß, wenn man nach einer halben Stunde Anstehen sein Weizenbier bekommt. Es sind ja immer wieder eigentlich unser aller Lieblingsmomente, allein auf einer Party in einer fremden Stadt, ohne jemanden zu kennen. Vor allem, wenn man der Meinung ist, daß einen eigentlich alle kennen müßten. Ich beschließe, schnell auszutrinken und dann noch schneller zu gehen. Aber vor das Austrinken hat der Herrgott das Einschenken gesetzt, und das dauert noch einmal eine halbe Stunde, weil dieses Bayerngebräu so schäumt. Jetzt erkenne ich doch noch jemanden, diesen Autor, der jedes Jahr ein Buch über seine Katze schreibt. Ist der nicht Millionär? Die Frau an seinem Tisch sieht gar nicht so aus. Auf dem Weg zum Ausgang fällt mir ein, daß ich noch einen Getränkebon übrig habe. Jetzt müßte ich auf die Bühne stürmen, der falschen Hildegard die Perücke vom Kopf reißen, alle gegen mich aufbringen und dann das Publikum mit Charme, Witz und Berliner Schnauze für mich gewinnen. Ich könnte anschließend einer zurückhaltenden Schönheit den Getränkebon in die Hand drücken und so schnell verschwinden, daß sie draußen nur noch meinen verlorenen rechten Schuh fände, um im ganzen Land nach diesem unverwechselbaren Fußgeruch zu suchen.

Ich könnte sie allerdings auch einfach mitnehmen, wir würden zusammen abhauen und als erste Menschen der Welt in einer einzigen Nacht alle 14 Wolkenkratzer von Frankfurt besteigen. Und plötzlich könnten wir, ohne daß wir es darauf angelegt hätten, fliegen.

Punker sein trotz Fassonschnitt

Punker sein trotz Fassonschnitt

Meine ganze Jugend bestand aus Gerüchten. Beim Kirchentag in Berlin zum Beispiel hieß es, die Goldenen Zitronen spielen da und da in Pankow. Nichts wie hin. Pustekuchen, nur ein Kirchenbasar, wo man seine Kriegsspielzeuge gegen Friedensspielzeuge eintauschen konnte. Oder damals, als es in meinem Haus eine Kellerparty gab zum Thema »Einstürzende Neubauten«. Mein Nachbar behauptete, er habe an Blixa Bargeld geschrieben, und die Neubauten würden aus Westberlin rüberkommen. Es kam aber nur die Polizei. Und wie immer erfuhr ich als letzter, daß alles nur ein Gerücht gewesen war, um mehr Leute anzulocken. Dabei wollte ich unbedingt als Punk-Sympathisant durchgehen, obwohl ich diese Schüttelfrisur hatte, die einmal als Popperschnitt gedacht gewesen war. »Kenn' Se' 'n Popperschnitt?« hatte ich mit 13 die Frisöse im Dienstleistungswürfel gefragt, und die hatte aus mir einen Hitlerjungen gemacht, so daß mich mein Staatsbürgerkundelehrer am nächsten Tag vor der Klasse lobte, endlich mal wieder ein Junge mit Jungsfrisur. Aber ob Popper oder Punker, Hauptsache, man versuchte irgend etwas. Bei den Punkern versprach man sich auf jeden Fall ungewöhnliche Vorkommnisse. Man hängte sich an den am ehesten diesem Umfeld zuzurechnenden Mitschüler, das heißt an den mit der überspielten Cure-Kassette, und folgte ihm zu obskuren Jugendclubs in entlegenen Stadtbezirken, wo man sich vor einer Eingangstür drängelte, gemeinsam mit der dicken Punkerin, die überall auftauchte, mit Speiche, den vom Sehen alle kannten, und mit Jungen, die ihren Schnurrbartflaum extra für den Abend zurückgekämmt hatten und sich noch nicht entscheiden konnten, ob sie rechts- oder linksradikal sein wollten oder doch lieber Kandidat der SED. Meistens kam ich ja nicht rein, aber immerhin erfuhr ich so die Namen der Bands, auf die es ankam. Deshalb wußte ich längst, daß Feeling B die höchste Credibility genossen, während sich die Skeptiker ja an die FDJ verkauft hatten. Ein ziemlich sinnloses Wissen allerdings, wenn man nie in eines der legendären Konzerte reinkam. Beim Armeedienst in Magdeburg stieß ich dann im Plattenladen auf die erste Feeling-B-Platte von Amiga. Ich hatte kein Geld dabei. Kein Problem, ich schob die Platte einfach unter einen Stapel der Herbert-Roth-Pressung, ›Ich wandre ja so gerne den Rennsteig entlang‹, die dort schon seit dem Polenfeldzug verstaubte, und kramte sie beim nächsten Ausgang wieder vor. Kleine Siege im Alltag, die einem als Ostler das Gefühl gaben, daß einen nichts in der Welt vom Hocker hauen konnte. Qualitäten, die heute von der Gesellschaft nicht mehr eingefordert werden.

Das Problematische am Punk war, daß man sich erst als Mann fühlte, wenn man beim Pogo mitgemacht hatte. Aber das war auf seine Art fast so schwierig wie mit einer Frau zu »Flugzeuge im Bauch« zu tanzen. Gogo lief mal eine Woche lang gebückt durch die Schule, weil er es sich beim Frühlingsfest in der Erlöserkirche gewagt hatte. Für mich war es die ersten Male nur ein Am-Rand-Stehen und Andere-in-die-Mitte-Schubsen. Aber immerhin, in Weimar, bei den Kulturtagen der FDJ, konnte man damit schon ziemlich Eindruck schinden. Da gab es nämlich auch ein halbes Dutzend Punker, die sich in der Szene-Milchbar trafen und Thüringisch sprachen, was wir damals noch nicht verstanden. Das klang wirklich schräg, wenn Punker Thüringisch sprachen, und nebenbei war's praktisch, weil die Stasi nur Sächsisch verstand.

Den Archetyp des Pogo erlebte ich dank Ralf. Es war ein paar Tage vor meiner Einberufung im Oktober '89. Wir wollten in den Prater, da gab es ein Feeling-B-Konzert. Man konnte das damals ja noch gar nicht richtig fassen, daß da einfach Feeling B spielen durften. Wir schoben uns zu Hunderten gleichzeitig durch die Pforte, und drinnen sagte der Sänger an, daß man jetzt noch ein Stündchen warten werde, weil gerade eine staatsfeindliche Demo lief und die vielleicht auch noch alle kommen wollten. Auf der Bühne zeigten sie mit einem kleinen Kofferfernseher die letzte Ausgabe des Schwarzen Kanals. Ein bißchen Kabarett war damals noch kein Beinbruch. Das erste Lied bestand daraus, daß sie mit Gitarrenbegleitung bis tausend zählten. Erst dachten wir alle: Ist ja witzig, die zählen einfach bis hundert, aber nicht mit Feeling B. Als es dann endlich richtig losging, stand ich mit Ralf so im Kreis um die Pogenden, und es juckte uns einzusteigen, aber wir waren noch zu kritisch distanziert. Da fiel Ralf seine Zigarettenschachtel runter, und als er sich danach bückte, kickte ich sie weg. Das war das Startsignal, so muß der Pogo mal entstanden sein, wir mischten die ganze Truppe auf und sprangen höher als die Bühne, wir schafften es sogar, die Füße, wie es im Punkerbuche steht, waagerecht vorzustrekken. Dabei habe ich dann meine Quarzuhr verloren. Eine kleine schwarze Plasteuhr, die ich zu Weihnachten bekommen hatte, ohne mich zu freuen, weil sie so ein schmales Mädchenarmband hatte; außerdem stand »Sam« drauf. Egal, jetzt war ich sie losgeworden beim Pogo. Ich kaufte mir extra für die Armee eine Taschenuhr und ließ sie am Tag meiner Einberufung fallen, da war sie gleich wieder kaputt, die Zeit war stehengeblieben für mich. In der Kaserne gab es nur offizielle Musik aus dem Lautsprecher. Aber dann fiel die Mauer, die Ausgänger durften in den Westen, und wir anderen durften zum Trost einen Recorder auf dem Zimmer haben. Als ich einmal allein auf der Stube war, schnappte ich mir den Recorder vom Dachdecker Hülsmann, auf dem sonst immer in einer Endlosschleife *»Another day for you and me in Paradise«* und *»Nothing compares to you«* lief, und legte meine mitgebrachte Dead-Kennedys-Kassette ein: Es wurde ein *»Holiday in Cambodja«*, wie ich so gegen die Spinde sprang, mein Gott, was für ein Gefühl, Sex, Musik und Prügelei, danke Dead Kennedys!

Seitdem ist der Punk versickert wie die gelbe Pulle im Ostseestrand. Die anderen Bands starben wie die Fliegen, und eigentlich hatten sie ja auch scheiße geklungen. Und an die Punker vor Kaiser's kann ich mich nicht gewöhnen. Im Osten gab es einen, von dem es hieß, er habe regelmäßig Mundfäule, weil er immer vor dem Gehen die rumstehenden Biergläser austrank. In seiner Felljacke steckte Bertolt Brecht. Vielleicht ein Werbegag, aber damals auf jeden Fall glaubwürdig. Jetzt versperrt er einem den Weg, wenn man aus der Straßenbahn aussteigen will und er vor der Tür rumliegt. Punx dead, hätte man denken können.

Deshalb war ich wie elektrisiert, als neulich im ACUD »Einsatz« spielte. Die Musiker verzichteten auf die unter Punkern übliche Punker-Frisur. Es waren auch nur drei, keiner zuviel. Und sie hämmerten diese schnellen und kurzen Songs. Gefiel einem einer nicht, war er auch schon zu Ende, gefiel einem einer, klang der nächste genauso. Mir wurde schlagartig bewußt, wie sehr mir diese Maschinengewehrsalven gefehlt hatten. Das war die Atmosphäre aus den Clubs meiner Jugend, in die ich nicht reingekommen war oder die ich gar nicht gekannt hatte.

Auf dem Weg nach Hause ejakulierten meine Gedanken wie nervöse Geysire. Ich war drauf und dran, eine Geschichte zu schreiben, wie ein Mann, im Stehen! Ich konnte mir das alles so schnell gar nicht merken. So muß sich Sid Vicious damals gefühlt haben, als er seiner Sekretärin atemlos »*Anarchy in the U.K.*« ins Diktaphon gesungen hat!

Das Tao des Joggens

Meine Eltern haben mir den sportlichen Namen »Jochen« gegeben, sie hätten mich auch »Joggen« nennen können, aber sie wollten in meinem Namen die beiden Koryphäen des bundesdeutschen Nachkriegssports ehren: Jochen Behle und Jochen Maass. Jochen Behle war jahrelang der einzige westdeutsche Skilangläufer. Er kam nie vor Ende der Sendezeit ins Ziel, aber trotzdem wurde den ganzen Abend nur über ihn berichtet. Jochen Maass war jahrelang der einzige westdeutsche Formel-1-Pilot. Sie ließen ihn wahrscheinlich nur mitfahren, damit die Deutschen keinen neuen Krieg anfingen. Man kann sagen, er kam oft ins Ziel.

Trotz meines Namens hätte ich mir nie träumen lassen, einmal für einen Marathon zu trainieren. In der Schule war schon der 3000-Meter-Lauf gefürchtet, weil man wußte, daß man unterwegs sterben konnte. Man lief auf dünnen Gummisohlen, verschmähte es aus Peinlichkeitsgründen, sich zu erwärmen, wußte nichts von richtiger Ernährung, teilte sich das Tempo nicht ein und fiel folgerichtig im Ziel fast in Ohnmacht. Außerdem warteten hinter der Ecke ein paar von den anderen, die einen festhielten, wenn man nicht wie sie eine Runde Pause machte. Hätte man nur ein paar Monate locker trainiert, hätte man die Sache mit einem Lächeln bestritten. Aber genausogut hätte man ›Mario und der Zauberer‹ lesen können, statt in der Klassenarbeit den Inhalt aus dem Klappentext zu extrapolieren. Man tut solche Dinge eben nicht.

Läufer können Blähungen, Durchfall und Schlafstörungen bekommen, dafür verlieren sie ihre Freunde. Der ideale Trainingstag sieht nämlich keine menschlichen Kontakte mehr vor: ausschlafen, sorgfältiges Frühstücken, Studium alter Laufnotizen, Zeittabellen berechnen, Rundenzeit, 1000-Meter-Schnitt. Mittagessen, schlafen, Ausrüstung prüfen, schützende Pflaster am Körper verteilen, Ankleiden, Flaschen füllen, Erwärmen, Laufen, Stretching, Badewanne, ins Bett fallen, zur Entspannung noch einmal die 50 Runden im

Kopf durchgehen. Spät am Abend vorsichtig testen, ob man wieder gehen kann, den Lauf am Computer auswerten, vielleicht dabei ein Bier, Eurosport gucken, Nachtruhe. Pro Woche braucht man in der Vorbereitungsphase drei bis vier solcher Tage, und die Tage dazwischen sind nicht weniger wichtig, es wird sogar ausdrücklich empfohlen, an ihnen nichts zu tun, was einen körperlich oder geistig belasten könnte, und was wäre körperlich und geistig belastender als andere Menschen?

Es ist also ein Sport, der wie geschaffen ist für Leute, die ihr Leben gerne auf wenige Schwerpunkte reduzieren. Dafür treten sie ein in eine Welt voller Helden. Meine Vorbilder sind die großen Läufer der frühen olympischen Jahre. Jener Engländer, der so stolz und siegesgewiß war, daß er mit einem Buch in der Hand antrat, um seinen Gegnern zu zeigen, daß ihm unterwegs sogar Zeit zum Lesen bleiben würde. Oder der tapfere Italiener, der, als er 1900 in Paris am Ende des Marathons taumelnd das Stadion erreichte, auf der Zielgeraden die volle Breite der Tartanbahn ausnutzte, weil er immer hin- und herwankte, manchmal sogar rückwärts. Die Pariser hielt es nicht auf den Sitzen, sie feuerten ihn an, die Verfolger waren noch nicht in Sicht, aber er schaffte einfach die letzten Meter nicht. Dabei war er so weit gekommen, da mußte er doch auch durchs Ziel. Schließlich geleitete ihn ein enthusiastischer Zeitnehmer bis zur Ziellinie. Das Publikum war begeistert und feierte seinen Helden. Leider wurde er, weil er sich hatte stützen lassen, anschließend disqualifiziert.

Aber der Größte war natürlich der Sieger des ersten olympischen Marathons Spiridon Louis, der Hirtenjunge und Wasserträger aus Griechenland. Er war sein Leben lang in der Mittagshitze den Ziegen hinterhergerannt und hatte nie trainiert. Als er für Griechenland antreten durfte, war er so stolz, daß er am Start seinen besten Anzug trug. Mitleidige Zuschauer schnitten ihm schnell die Hosenbeine ab, aber er hätte auch im Anzug gewonnen.

Jedesmal, wenn ich laufen gehe, muß ich an Spiridon Louis denken. Ich rechne dann die Zeit hoch, die ich für fünf Kilometer gebraucht habe, und frage mich, ob ich schon reif bin für meinen ersten Marathon. Ich müßte ja nur zehnmal so langsam laufen wie normal, dann würde ich auch zehnmal so weit kommen. Aber es ist hart. Die einzige Flüssigkeit, die man unterwegs bekommt, sind die Spucketröpfchen des vor einem Laufenden. Und die sind oft schon von Mund zu Mund gewandert. Es gibt auch keine Ziegen, die einen motivieren, nur schwitzende Menschen, denen man immer wieder begegnet. Das liegt natürlich an der kreisförmigen Machart der Strecke. Auf meinem Sportplatz laufen sie schon zu dritt nebeneinander und unterhalten sich dabei über das Laufen. Es gibt Einbeinige mit High-Tech-Prothesen, Hausfrauen, die gehend schneller vorwärts kommen würden, schwer atmende, parfümierte Männer, die halbnackt laufen. Sie alle jagen einem Schönheitsideal hinterher, dessen Fahne ich hier als einziger hochhalte.

Manche behaupten ja, man könne beim Laufen seine Gedanken ordnen. Ich nehme mir jedesmal ein paar besonders lohnende mit, aber ich habe unterwegs noch nie einen davon denken können. Ich habe genug mit meinen Ticks zu tun. Wenn ich mit dem rechten Knöchel an den linken stoße, muß ich noch einmal mit dem linken an den rechten stoßen, und zwar genauso stark. Wenn mir das mißlingt, muß ich zum Ausgleich wieder mit dem rechten gegen den linken stoßen, und wehe, in dem Moment fängt der linke Nasenflügel an zu jucken. Im Sommer, wenn der niederträchtige Platzwart die Rasensprenkler so einstellt, daß ihr Strahl einen vor sich hertreibt, bleibt erst recht keine Zeit zum Nachdenken, man ist immer auf der Flucht vor einer kalten Dusche.

Seit Jahren laufe ich so im Kreis. Demonstrationen, Schießereien, Wolfsrudel, ganze Stadtviertel sind am Streckenrand entstanden und wieder verschwunden, aber ich habe überhaupt nicht hingesehen. Ich brauche meine ganze Konzentration, um nicht stehenzubleiben. Da kann es schon mal passieren, daß beim Spucken der Spuckefaden nicht abreißt und man ihn, weil man es nicht merkt, eine halbe Runde lang hinter sich herschleift, bis jemand darauf ausrutscht.

Die Indianer konnten ja, wie Karl May berichtet, weite Strecken überwinden, indem sie immer nur ein Bein belasteten und das andere solange ausruhten. Aber das ist nicht meine Philosophie, ich muss immer schneller werden, sonst weiß ich nicht, warum ich überhaupt laufe. Ich denke deshalb inzwischen über eine eigene Technik nach, die ich für mich die Schmidt-Pace nenne. Jede Sportart kennt ja technische Neuerungen. Plötzlich sprang man mit dem Rücken über die Latte und kam doppelt so hoch, man fuhr auf Skiern wie auf Schlittschuhen und segelte von der Schanze mit gespreizten Beinen bis in die Zuschauer. Auf dem Gebiet des Laufens hat sich dagegen seit Spiridon Louis nicht viel getan. Aber ich fand es immer unsinnig, mit einem Arm nach vorn zu schwingen und mit dem anderen zurück. Das neutralisierte sich ja. Ich lasse statt dessen gerne beide Arme gleichzeitig nach vorn schwingen. Das gibt einem jedesmal einen kräftigen Schub, man läuft praktisch mit vier Beinen.

Ein bißchen habe ich die Hoffnung, es mit dieser Technik auch zu schaffen, dem Tod davonzulaufen, denn nur darum geht es ja beim Marathon. Auch wenn ich manchmal den Verdacht habe, daß das wahrscheinlich so wenig möglich ist, wie der Sonne hinterherzurennen.

Thorsten, der Held

Als Thorsten mit Annika in den Urlaub nach Kroatien fuhr, war ihre Beziehung eigentlich schon am Bröckeln. Er sah in dieser Fahrt seine letzte Chance, sie wieder für sich einzunehmen, und da er ihr den Flug geschenkt hatte, konnte sie nicht nein sagen. Um diesmal nichts falsch zu machen, bereitete er sich akribisch vor. Er machte sich eine Liste mit ihren kleinen Vorlieben, die ihm in den gemeinsamen Jahren aufgefallen waren: Milchkaffeeschaum, Milchkaffeeschaum, Milchkaffeeschaum ... mehr fiel ihm erst mal nicht ein. Dafür kaufte er sich neue Unterwäsche bei H&M. Als er im Buchladen nach ›The joy of sex für dummys‹ suchte, fiel ihm auf dem Grabbeltisch das ›Handbuch für Helden‹ aus dem Men's-Health-Verlag in die Hände. Es war eine Mischung aus modernem Knigge und Survival-Guide, genau das richtige für ihn. Vom Achselschweiß bis zum Flugzeugabsturz, auf alles konnte man sich mit diesem Buch vorbereiten.

Annika wunderte sich zuerst über Thorstens Höflichkeit, die sie an ihm nicht gewohnt war, aber sie wußte ja nicht, daß er sich nur nach den Hinweisen aus diesem fabelhaften Buch richtete. Er zog im Restaurant ihren Stuhl zurück und schenkte den Wein ein, öffnete ihr die Autotür und zog sich die Socken aus, bevor er ins Bett ging. Als sie ihre Tage bekam, ließ er sie in Ruhe, denn er hatte gelesen, daß es für ihn nur zwei Möglichkeiten gab: »1. Suchen Sie sich eine Frau, die die Wechseljahre schon hinter sich hat. Oder 2. Sorgen Sie durch Schwangerschaften für vorübergehende Erholungsphasen.« Aber statt ihre Liebe wiederzugewinnen, ging ihr sein verständnisvolles Verhalten noch mehr auf die Nerven als seine Trantütigkeit, und vor der Kulisse dieses herrlichen Urlaubslandes faßte sie den Entschluß, sich von ihm zu trennen. Sie begründete das damit, daß er ihr zu langweilig sei und sie jemanden brauche, der sie mit seiner Spontaneität überrasche, bei ihm könne sie ja jeden Gesichtsausdruck eine Woche vorhersagen. Thorsten hörte sich ihre Ausführungen an und klagte nicht – auch ein Hinweis aus dem ›Handbuch für Helden‹. Er ging wortlos ins Hotel, um seine Sachen zu packen. Sein Entschluß stand fest, er würde um sie kämpfen, er würde jetzt erst recht ihr Held sein.

Tagelang verfolgte er Annika und ihren neuen Liebhaber Zoran, den sie durch geschicktes Hochschürzen ihres Wickelrocks gewonnen hatte, auf dessen Rundreise durch Kroatien. Wenn die beiden in einem Hotel übernachteten, schlief Thorsten an ihrem Balkon hängend, immer bereit einzugreifen. Sie ahnte nicht, daß er es war, der den Kellner zwang, den offensichtlich vergifteten Wein wegzukippen und ihr statt dessen reines Leitungswasser zu bringen. Auch daß es Thorstens Stimme war, die, gerade als sie das erste Mal mit Zoran schlafen wollte, aus der Tiefe des Waldes tönte: »Mach dich nicht unglücklich!«, konnte sie nicht wissen. Zoran ging den Spanner suchen, aber er fand ihn nicht. Thorsten hatte sich inzwischen an Annika herangeschlichen, um sich zu erkundigen, wie es ihr ging. »Hau ab, du Wichser!« war ihre Antwort.

»Annika, ich laß dich jetzt nicht hängen.«

»Spiel dich nicht so auf.«

»Ich bin immer für dich da. Du mußt nur mit dem Finger schnipsen.«

»Zoran! Er ist hier!!«

Doch bevor Zoran eingreifen konnte, war Thorsten im Dickicht verschwunden und machte sich wieder daran, den herumschleichenden Schlangen die Köpfe abzubeißen, er wußte, wie sehr sich Annika vor Schlangen fürchtete.

An einem ihrer letzten Urlaubstage saß Annika mit Zoran auf dem Marktplatz eines kleinen Gebirgsdorfs und trank Kaffee. »Ich glaube, er hat es endlich kapiert«, sagte sie und biß vom Gebäck ab. Dabei verschluckte sie sich und hustete, aber der Kekskrümel lag in der Luftröhre schief. Da tauchte Thorsten aus dem Wasser der Fontäne auf, wo er sich, durch einen Strohhalm atmend, versteckt hatte, und sprang in zwei Sätzen an ihren Tisch. Schon unterwegs schraubte er seinen Kugelschreiber auf, um ihr, ohne lange zu fackeln, mit der Hülse ein Loch in die Luftröhre zu stechen. Das war, wie er aus dem ›Handbuch für Helden‹ wußte, der einzige Weg, sie vor dem sicheren Erstickungstod zu bewahren. Aber es war nicht so leicht wie gedacht, die Haut war sehr elastisch, und das Mädchen wand sich in seiner Umklammerung und schrie. Er mußte ihren Kopf fest zwischen seine Knie klemmen und versuchen, den Kugelschreiber mit beiden Händen und aller Kraft in ihren Hals zu schrauben. Als er es endlich geschafft hatte, spritze ihm ihr Blut ins Gesicht und aus dem Geschrei wurde ein häßliches Gurgeln. Als er sie so unter sich zappeln sah, geschah etwas Seltsames, es war, als würde er sie mit ganz neuen Augen sehen. Was für eine Scheiße, dachte er plötzlich, dieses ganze Heldentheater wegen dieser Frau. Ist sie das überhaupt wert? Sie weiß doch gar nicht zu schätzen, was ich hier für sie tue. Und irgendwie fühlte er sich bei dieser Einsicht erleichtert. Er stand auf und ging fort, ohne sich noch einmal umzudrehen. Er hatte sein Trennungstrauma aus eigener Kraft überwunden, wer schaffte das schon. Zum ersten Mal in seinem Leben fühlte sich Thorsten wirklich ein bißchen wie ein Held.

Schloß Solitude

Der Rohstoff, von dem der Künstler lebt, ist seine Einsamkeit. Damit es ihm daran nie mangele, werden Künstler in Schwaben im Schloß »Solitude« untergebracht. Sie müssen dort ein halbes Jahr bleiben und dürfen das Schloß nicht verlassen. Einmal im Monat dürfen sie sich aber Besuch einladen. Mein Kollege Andreas Stampfer bat mich deshalb, ins Schloß Solitude zu kommen und dem Publikum seine und die Gedichte unserer Kollegin Lenbach zu erläutern. Ich bereitete mich auf diese anspruchsvolle Aufgabe vor, indem ich jeden Tag daran dachte. Am Abend vor der Abfahrt ging ich früh schlafen, um morgens vielleicht endlich meinen Vortrag hinzubekommen. Um einschlafen zu können, las ich in den Texten, die ich erklären sollte.

Nach meiner Ankunft auf dem Schloß führt Stampfer mich durch weißgetünchte Flure, und mir wird klar, warum er hier gelandet ist, es handelt sich offensichtlich um eine Anstalt. Die einsamen Künstler können gleich hierbleiben, wenn sie durchdrehen, wie es von Künstlern im Laufe ihres Lebens ja erwartet wird. Auf allen Gängen stehen Fernseher, die aber nicht zum Fernsehen gedacht sind, sondern als Videoinstallationen. Auf dem Bildschirm ist tagsüber die Nacht vor einer Stuttgarter Apotheke und nachtsüber der Tag zu sehen. Stampfer fühlt sich in dieser Anstalt nicht unwohl, und wie um das zu betonen, trägt er seinen Zimmerschlüssel an einer Paketstrippe um den Hals, weil er sich sonst immer aus seinem Zimmer ausschließt.

»Hausmeister hat neues Velo geklaut. Wollte nur unterstellen. Warum dann Schloß aufbrechen? Morgen ich rufe Polizei, schreibe nettes Anzeige.«

Das ist nicht mehr nur Schweizer Akzent, das sind schon die Folgen der Internierung.

Stampfer hat gerade sein erstes Buch veröffentlicht. Ich frage ihn, warum der Umschlag orange ist, er sagt, das nächste Buch würde rosa, weil er es als Andrea Stampfer publizieren will, das erste habe eine so männlichen Perspektive.

Auf den endlosen Gängen liegen die Stipendiatenzimmer, man braucht wahrscheinlich lange, um seins zu finden. Aber die Wand vor Lenbachs Zimmer ist voll mit Bleistiftkrakeleien.

»Das ist Unterschrift von Verleger, zahlt 107 %. Sehr betrunkenes Verleger.«

Aus dem Fenster sieht man eine Wiese und dahinter den Wald. Überall streifen Stipendiaten herum, manche machen kleine Hüpfer, andere gehen rückwärts und diskutieren dabei laut mit sich selbst. Ich sehe mir das Schloß an. Als ich nach der Bibliothek frage, als ich nach dem Internet frage, und als ich in der Kellerbar nach einem Kaffee frage, werde ich zurückgefragt: »Sind sie Stipendiat?«

»Nein, nein, ich bleibe nur eine Nacht und soll eine Rede über Lyrik halten.«

»Ach, sie sind das, na da sind wir hier ja alle schon sehr gespannt, der Chef will auch kommen.«

Es wird wirklich Zeit für mich, diese verdammte Rede zu schreiben. Gedichte könnte ich viel schneller, und niemand würde sich beschweren, aber eine Rede über Gedichte?

Ich klappe meinen ersten Laptop auf, den ich extra für diese Reise angeschafft habe, und lese einen Aufkleber: »Wichtiger Hinweis! Für den sicheren und angenehmen Umgang mit diesem Gerät lesen sie bitte das Handbuch für sicheren und angenehmen Umgang mit diesem Gerät.« Das habe ich natürlich zu Hause liegenlassen. Nachdem ich eine Weile den blauen Bildschirm betrachtet habe, hat es dieser Laptop mit seiner Makellosigkeit geschafft, mir jeden Antrieb zu nehmen, ihn zu benutzen. Bis zum Abend sind es noch ein paar Stunden, und ich lege mich wieder schlafen. Im Traum hat man die besten Einfälle. Außerdem hat Stampfer gesagt, daß nur fünf Leute kommen werden, die Hälfte davon Stipendiaten. Und die verstehen kein Deutsch. Sogar der Chef ist Franzose.

Gegen Abend reicht es mir, und ich schreibe auf, warum ich Gedichte hasse. Vor allem natürlich, weil ich keine schreiben kann, aber das kann man auch wissenschaftlicher ausdrücken. Zum Glück habe ich noch ein paar »Gedichte, die wir nicht verstehen« mitgenommen. Im Internet findet man Tausende davon, wir lassen sie uns bei der Chaussee der Enthusiasten vom Publikum erklären. Wenn ich die vorlese, ist das provokant und gleichzeitig hintergründig, weil es die Grenzen unseres alteuropäischen Literaturbegriffs hinterfragt, wie es sich gehört.

Als wir den Saal betreten, stelle ich schockiert fest, daß er fast voll ist. Egal, ich habe ja noch fünf Minuten, um mir Gedanken zu machen. Außerdem beginnen wir mit einer kleinen Performance. Ich sitze mit Stampfer auf der Bühne, und wir lesen einen Artikel aus den Leonberger Nachrichten vor: »Die Hormone spielen verrückt. Jonathan, ein Schwanenmännchen, hatte 13 Jahre am Witteler See gelebt. Doch in diesem Sommer begann er plötzlich ein Nest zu bauen und mußte dafür eine Schnellstraße überqueren. Damit brachte er sich und die Autofahrer in Gefahr. Näherte man sich seinem Nest, verteidigte er es vehement. Jonathan mußte an einen anderen See umgesiedelt werden. Biologen können sich sein Verhalten nicht erklären, denn normalerweise bauen nur Schwanenweibchen Nester.« Nachdem wir das einmal verlesen haben, soll eigentlich unsere Kollegin auf die Bühne kommen und noch ein paarmal mitlesen. Sie kommt aber nicht. Also sitzen wir schweigend vor den 50 Zuschauern und warten ab. Ich überlege, ob geplant war, daß ich jetzt noch einmal von vorn lese, und sehe zu Stampfer hinüber, aber der rührt sich nicht. Die Zuschauer sitzen gebannt auf ihren Stühlen. Die Spannung wird immer unerträglicher, ohne daß wir etwas dafür tun müßten. Das muß Avantgarde sein, ich werde das in mein nächstes Theaterstück einbauen.

Nachdem wir den Artikel über den Schwan in allen möglichen Betonungen vorgelesen haben, stelle ich mich ans Pult und beginne meinen Einführungsvortrag über Lyrik. Ich hatte schon oft das Gefühl, daß ich mich besser zum Professor als zum Studenten eigne, leider kann man diese Stufe nicht überspringen. Das Vergnügen, einer schweigenden Masse Gedanken vorzutragen, die man sich am Nachmittag im Traum gemacht hat, wäre nur noch damit zu toppen, daß die Zuhörer danach alles auswendig lernen müssen.

Nach der Lesung stürzt der französische Direktor auf mich zu: »Wunderbar, du warst wunderbar.«

Als ich am Abend der Küchenfrau von der Reaktion des Direktors berichte, sagt sie: »Das heißt gar nichts, der findet alles gut. Hat er gesagt: Wunderbar, du warst wunderbar?«

»Ja, aber es klang ein bißchen anders.«

»Ich kenne den Chef, der hat das genau so gesagt. Das sagt er zu allem, auch zu meinem Essen. Der kann gar nicht mehr sagen auf deutsch.«

Sie gibt uns eine Unterschriftenliste. Es geht um das Mahnmal zur Bücherverbrennung in Berlin, unter das eine Tiefgarage gebaut werden soll. Stampfer nimmt sich das Blatt: »Was, ihr habt das unterschrieben? Ich bin für Parkplätze. Oder doch unterschreiben? Nein, ich bin Schweizer, das ist eure Vergangenheit.«

Bis spät in die Nacht sitzen wir draußen unter einem Baum und trinken Schweizer Rotwein mit Schraubverschluß. Aus dem Gebäude dringen laute Schreie und Befehle. »Was ist denn das?« frage ich, »Elektroschock?«

»Nein«, sagt Stampfer, »Bulgare und Israeli. Proben neues Stück.«

Am nächsten Morgen gehe ich durch den Wald. Früher mußten wir jeden Sonntag in den Wald. Wir nahmen unsere Flitzbögen mit und verbrachten die meiste Zeit damit, nach den abgeschossenen Pfeilen zu suchen. Mein Vater bekam nie ein Tier zu sehen, weil seine Kinder zu laut waren. Wir hatten auch Bälle dabei, Botanisiertrommeln und Taucherbrillen. Im Lauf der Wanderung gaben wir das alles unserer Mutter zu tragen. Manchmal stritten wir uns auch nach dem Loswandern, und unser Vater wanderte in eine andere Richtung weiter. Jeden Sonntag dasselbe.

Jetzt bin ich allein im Wald und überall raschelt es. Bloß keine halbverweste Leiche entdecken! So wie damals beim Pioniermanöver, wo ich meinte: »Guck mal, jetzt haben sie da eine Puppe hingehängt, um uns zu erschrecken.« Aber dann war es gar keine Puppe, sondern eine Frau, die sich mit einem Fahrradschlauch erhängt hatte. Heute gucke ich bei so was gar nicht mehr hin. Bestimmt wimmelt es hier von verschollenen Stipendiaten.

Überall auf dem Gelände haben Künstler ihre Werke hinterlassen. Sogar das große Bücherregal im Flur ist nur eine Installation zum Thema Bücherregal und nicht zum Lesen gedacht. Draußen auf der Wiese haben sie weiße Laken installiert, die die Wiese völlig verfremden. Auf einer Koppel stehen Pferde steif und bewegungslos da. Erst als eins mit dem Schwanz wackelt, merke ich, daß es echt ist.

Am Abreisetag stehe ich mittags an der Bushaltestelle auf dem Schloßhof.

»Habe schönes Kostenvoranschlag für kaputtes Velo-Schloß«, sagt Stampfer.

»Ein Kostenvoranschlag? Wie hast du denn das gemacht? Das muß doch total kompliziert sein.«

»Nettes Fax an Fahrradhändler in Bern. Guter Freund. Wird teuer für Hausmeister.«

Der Bus soll angeblich genau auf dem Schloßplatz halten. Es ist so still und sonnig, und kein Mensch außer uns steht hier, daß ich kurz überlege, ob die Haltestelle nicht auch eine Installation ist. Und mit ihr der Bus, der Fahrer, Stuttgart, die ganze Welt. Alles nur Kunst, alles gar nicht so gemeint.

Mein Posi

Immer kommt es mir in die Finger, und ich weiß nicht wohin damit und lege es wieder zurück. Wohin nur damit? Mit meinem Posi? Alle hatten eins, ich bekam meins von meiner Patentante, die nicht nur im Westen wohnte, sondern sogar in Glückstadt. Es hatte einen gelben Plasteumschlag, auf dem in goldener Schrift die Inhaltsangabe stand: »POESIE«. Ich war so stolz, daß ich gleich einen meiner wertvollsten Aufkleber dafür bestimmte, eine Kuh mit Kullern in den Augen. Vorn schrieb ich das obligatorische: »Wer in dieses Büchlein schreibt, den bitte ich um Sauberkeit, und reiß mir keine Seiten raus, sonst ist es mit der Freundschaft aus.« Säuberlich korrigierte ich »Sauberkeit« und »Freundschaft«, beides hatte ich im ersten Anlauf klein geschrieben. Dann malte ich um den Spruch eine Sprechblase und ließ sie aus dem Mund vom Vaterschlumpf kommen, den ich mir als Rubbelbild seit Jahren für so eine Gelegenheit aufgespart hatte.

Hinten kam meine Adresse rein und natürlich ein mit Buntfilzern gemalter Baumstamm, dessen Gesicht sagte: »Hier hinten bin ich angewurzelt, damit niemand aus dem Album purzelt.«

Jetzt konnte es losgehen, aber gleich kam der politisch schwierigste Teil, die Festlegung der Hierarchie. Auf jede Seite mußte mit Bleistift notiert werden, für wen sie reserviert war, und wehe, wenn Tino Lehmann sauer war, daß er hinter Markus Werner kam. Und Sabine Seidel, die konnte eigentlich ganz nach hinten, aber das war auch wieder fies, vor allem, wo ihr Vater Stasi-Oberst war. Als erstes kommt ein schöner Spruch von Patentante Anni Huber: »Man sieht nur mit dem Herzen gut. Das Wesentliche ist für die Augen verborgen.« Von Antoine de Saint-Exupéry, dem Platzhirsch der Posipoesie. Manche schrieben nur ihren Spruch und dekorierten nicht die gegenüberliegende Seite. Das übernahm ich dann. Wie bei Tante Jutta. Ich klebte ein Herz aufs Papier und malte bunte Kringel drumherum. Je mehr Kringel es wurden, umso döfer sah es aus. Es war ein Wettlauf mit der Angst, mein Posi für immer versaut zu haben. Meine Mutter schreibt mir: »Lieber Jochen, bleibe weiterhin so fröhlich, hilfsbereit und pflichtbewußt.« Wenn das nicht ironisch gemeint ist, muß ich meine ganze Biographie umschreiben. Meine Schwester widerspricht ihr zum Glück, sie trägt gleich eine ganze Sammlung anspielungsschwangerer Volksweisheiten ein: »Mancher meint, in ander Leut Garten sey auch gut grasen.« Oder: »Es ist ein bös Jucken, wo man nicht kratzen darf.« Nach den Verwandten kommen die Klassenkameraden. Zuerst Anja Lieberam: »In allen vier Ecken soll Freude drinstecken.« Und: »Es bildet ein Talent sich in der Stille, sich ein Charakter in dem Strom der Welt.« Strom schreibt sie allerdings mit »h«, dafür aber Goethe ohne. Wenn Lehrer etwas eingetragen hatten, setzte immer ein allgemeines Gelächter ein, weil man auf diesem Weg zum ersten Mal ihren Vornamen erfuhr.

»Was? Die Rettich heißt Doris?«

»Ej, kiek mal, und der Schwerner heißt Rudi!«

Rudi Schwerner war berühmt für seine Unterschrift: »Schweiner«, was seinem Ruf bei uns auch entsprach. Viele Klassenkameraden hatten für alle den gleichen Spruch, so auch die schöne Irina, unsere Vertreterin im Freundschaftsrat. Bei ihr war es noch dazu ein Russenzitat, der Gipfel an Uncoolness. Glaubt man ihr, dann hatte ein gewisser Fjodor Gladkow gesagt: »Ein Mensch wird nicht nach seinem Alter, sondern nach seinen Taten geschätzt.« Auf Jeannette Stahlhut war ich richtig sauer. Die hat mir eine riesige Fratze reingemalt, noch dazu nicht mal mit Filzern, sondern mit Ost-Buntstiften. Und das Gesicht sollte mich darstellen. »Blaue Augen, roter Mund, Jochen Schmidt, du bleibst gesund«, steht da im Hintergrund. Allerdings schrieb sie »Jochen Schmitt«. Ein Debakel. »Die hat dir dein Posi versaut«, hieß es von allen Seiten. Ich schämte mich im stillen.

»Oft gleichen wir der Brennessel: Berührt uns ein andrer nur zart, verursachen wir brennendes Weh«, schreibt die Cousine prophetisch. Dann folgen Schulkameraden mit zwei »M«, Weisheiten, die angeblich von Seneca und Scholem Alejchem stammen, die notorischen indianischen Sprichwörter: »Daß man in die Kirche geht, macht aus einem sowenig einen Christen, wie man ein Auto wird, wenn man in die Garage fährt«, und die rätselhaftesten Versmaße: »So, wie die Täubchen leben, in Fried und Einigkeit, so wünsch ich dir fürs Leben voll Glück und Zufriedenheit.« Und natürlich die ganze Palette von Posiklassikern, umgeknickte Ecken, die Briefumschläge darstellen sollen, drauf steht: »Bitte nicht öffnen«, drin steht: »Hast ja doch geöffnet.« Die Seiten von unseren Sportlehrern Herrn Wurster und Frau Duft, genannt Frau Mief, und Herrn Fleischer, sind noch leer. Sie waren so fern und entrückt, unsere Sportlehrer. Man rannte manchmal allein auf sie zu, und dann war man auch schon wieder einer von vielen. Herr Wurster war so muskulös, daß immer, wenn er vor uns in den Liegestütz fiel, das Armband seiner digitalen Quarzuhr aufsprang. Ein Running-Gag, den er nie ausließ. Wir vermuteten Absicht dahinter. »Mit Messern und Pistolen, soll dich der Teufel holen, wenn du vergißt, wer Sabine ist.« Tatsache, Sabine Seidel steht wirklich ganz hinten. Nein, wie soll ich dich vergessen, du hast ja dein Paßbild eingeklebt, und auch das Meerschweinchen auf deiner Schulter werde ich immer in Erinnerung behalten. Es war ein Langzeitüberlebender und machte, wenn wir es bei Kindergeburtstagen bewunderten, um Kräfte zu sparen, nur noch ein bißchen den Mund auf und zu.

Am besten gefällt mir aber immer noch der Spruch von Onkel Gerd, der ein Russentrauma hat und deshalb nicht den Sozi-Sender ARD guckt: »Die über Nacht sich umgestellt und sich zu jedem Staat bekennen, das sind die Praktiker der Welt, man könnte sie auch Lumpen nennen.« Meine Eltern interpretierten das als Spitze gegen sie, weil sie sich keinen Heißluftballon basteln wollten, um zu ihm nach Heilbronn zu fliegen, ich hab es nicht so böse aufgefaßt, schließlich hatte er noch eine kleines Männeken mit Hut hingemalt und Onkel Dieter drangeschrieben. Ich klaute mir den Spruch für Kathrin Müllers Posi. Meine Mutter bekam einen Schock, weil Kathrins Vater Polizist war. Ich mußte alles wieder rauskillern, niemand konnte mir erklären warum. Plötzlich war ich von der reinen Poesie in die große Politik geraten.

Britneys Revenge

Britneys Berufswunsch war nie Wurstverkäuferin gewesen, und wenn, dann hätte sie gerne in einem Kiosk gearbeitet und nicht mit einem Bauchladen, auf dem sie sich immer die Finger verbrannte, wenn sie die Hände in die Taschen stecken wollte, um auszuruhen und mit den Würsten zu spielen, die sich dorthin verirrt hatten. Sie hatte eigentlich Tierpflegerin werden wollen. Aber als sie ihr Meerschweinchen zur Berufsberatung mitbrachte, um den Leuten zu beweisen, wie gut sie mit Tieren umgehen konnte, war es so aufgeregt, daß es kotzte und einfach starb. »Na ja, wenn sie schon mal hier sind, wie ist es, wollen sie denn etwas anderes werden? Wir hätten hier eine Zusatzqualifikation zur Wurstverkäuferin. Sie könnten auf dem Alex arbeiten, da ist immer was los. Und Tiere gibt's da auch jede Menge. Sie müßten sich natürlich entsprechend kleiden, so wird das nichts, da ist es ziemlich windig. Also wenigstens ein Hemd und der BH nicht so durchsichtig. Jetzt weinen Sie doch nicht, das Meerschwein war doch total häßlich, und im Vertrauen, normalerweise werden die auch nicht so dick.«

Am Anfang fiel ihr die Arbeit noch schwer, und sie sang vor sich hin, um sich zu trösten, immer dasselbe Lied: »Kleine weiße Friedehenstaube, fliege übers Land! Bringe allehen Menschen Frieden, bist uns wohlbekannt.« Sie verkaufte fast nichts, weil sie sich so schämte, daß sie sich immer mit dem Rücken zum Platz stellte. Nur Heinz-Florian Oertel, der vor dem U-Bahn-Eingang Abos der ›Berliner Zeitung‹ verschenkte, holte sich ab und zu bei ihr einen Löffel Bratfett, um sich damit die Hände einzureiben; das war gut gegen den Frost, hatten ihm die Russen erzählt.

Dann kam der große Wendepunkt in Britneys Leben, ein regnerischer Herbsttag. Normalerweise einer jener Tage, an denen die Regentropfen spritzend in ihren Grill fielen und die Würstchen sich immer trauriger krümmten. Sie sortierte sie dann nach Größe, nach Alter, nach Farbe, nach Ähnlichkeit mit Exfreunden, manchmal fiel dabei eine Träne in die Glut und zischte wie eine Packung vakuumverpackter Kaffee beim Aufstechen. Aber heute war alles anders, es gab nämlich eine NPD-Demo auf dem Alexanderplatz. NPD, das wußte sie aus einer der Zeitungen, die ihr an windigen Tagen manchmal ins Gesicht flogen, war eine Abkürzung und hieß »Nanu, Polen ist eigentlich Deutschland?« Weil die Leute vor Begeisterung so laut pfiffen, drehte sie sich um und sah, wie ein junger Mann die Bühne betrat, sich eine Gitarre griff und sang: »Kam ein kleiner Teddybär aus dem Spielzeuglande her. Und sein Fell war wuschelweich, alle Kinder riefen gleich: Bummi, Bummi, Bummi Bummi brummbrummbrumm.«

»Hoch die internationale Solidarität!« rief der NPD-Jugendsprecher anschließend von der Tribüne, und es klang wie ein Echo, das sich in den Häuserfluchten dieses Platzes jahrelang verirrt hatte.

Ein Polizist schreckte Britney aus ihren Tagträumen auf: »Eine mit Senf, bitte.«

»Eine was?«

»Ne Worscht!«

Britney war ganz verdutzt, aber natürlich, sie hatte ja Würste zu verkaufen, da mußte man auch damit rechnen, daß ab und an jemand eine wollte, das hatten sie ihnen in der Schulung lange genug eingetrichtert. Nach fünf Minuten kam der Polizist wieder: »Noch eine bitte für die Kollegen, ach was, ich nehm gleich alle, die sind ja total lecker.« Britney verkaufte in kürzester Zeit alle ihre Würste, sogar ein paar Abos gingen weg, mit denen sich die Polizisten verpflichteten, ihr die nächsten zehn Jahre über jeden Tag eine Wurst abzukaufen.

Nach diesem Erfolgserlebnis fand sie sich immer besser zurecht in ihrem Beruf und gewöhnte sich an, sich auch alle anderen Sachen, die sie zu tun hatte, um den Bauch zu binden, zum Beispiel ihre Einkaufsbeutel, das Abwaschbecken oder auch mal ihren Mann. Der fand das natürlich nicht gut, vor allem weil er sie gar nicht kannte. Sie hatte ihn bei der NPD-Demo singen hören und sich gedacht, der oder keiner. Und jetzt hing er da an ihrem Gürtel und fragte sich, was diese Frau von ihm wollte und warum die ganze Stadt plötzlich nach Bratfett roch, überall, wo sie ihn hinschleppte, derselbe Geruch, oder waren sie schon in Polen? Seit wann roch es denn da so lecker nach altem Fisch? Hoffentlich merken die nicht, daß ich Deutscher bin, sagte er sich, ich halt lieber den Mund. Das war Britney natürlich ganz recht, sie hatte ihn ja auch nicht zum Reden ausgesucht, sondern weil er relativ klein war und ihn ihr, so wie er aussah, niemand streitig machen würde. Außerdem brauchte er nur eines seiner Lieder anzustimmen, und schon strömten die Massen herbei und kauften ihr ihre Würste ab, sogar das Bratfett verputzten sie, und Heinz-Florian Oertel durfte am Abend den Grill ablecken, so daß sie nicht mal abwaschen mußte.

Schriftsteller, die ich gerne wäre,
Teil 4: Samuel Beckett

Die meisten Schriftsteller der Welt werden in Dublin geboren, wo sie dann auch leben müssen. Samuel Beckett mußte sich also wohl oder übel auch in Dublin gebären lassen, flüchtete aber bald darauf nach Paris, um eine Doktorarbeit zu schreiben. Einmal dort, verließ ihn jeder Antrieb, es zu tun. Weil er nur wenig Geld hatte, lebte er von Schnaps und Zigaretten. Wenn er mehr Geld gehabt hätte, hätte er von mehr Schnaps und Zigaretten gelebt. Von Zeit zu Zeit mußte er an seine Mutter schreiben und verfiel bei dem Gedanken in eine Art Leichenstarre. Sie holte ihn zurück zu sich nach Dublin, wo er vor einer Mädchenklasse Vorlesungen über Französische Literatur zu halten hatte. Die Mädchen waren natürlich alle in ihn verliebt, aber er sah immer nur aus dem Fenster und überlegte zehn Minuten lang über den nächsten Satz. Die Mitschriften wurden deshalb nicht sehr lang, man kann sie in seiner Biographie nachlesen: »Symbolismus: Es war Mode, jung zu sterben und pessimistisch zu sein ... Baudelaire lieferte den Text ... Verlaine die Musik ... Rimbaud den Vers ... Romantik plus Ironie gleich Symbolismus.«

Es war ihm aber immer noch unangenehm, so viel reden zu müssen, und diese Form von Zwangsexhibitionismus nahm ihn so sehr mit, daß er tagelang nicht aus dem Bett kam. Immer, wenn ihn etwas quälte, bekam er nämlich Furunkel am Hals. Er blieb dann im Bett und zog sich die Decke über den Kopf, bis das Semester vorbei war.

Später ging er wieder nach Paris, wo sich die Tochter von James Joyce erst unsterblich in ihn verliebte, dann aber doch fast daran starb. Sie hatte Schielaugen und war so sensibel, daß sie, weil sie von ihm einen Korb bekam, ins Irrenhaus geschickt werden mußte. Das hat Joyce Beckett nie verziehen. Aber Joyce war sowieso dauernd beleidigt, weil er kurzsichtig war und immer dachte, die anderen veräppeln ihn heimlich.

Becketts schönstes Buch heißt ›Murphy‹, es war das erste vernünftige Buch, das ich seit den ›Wilden Kerlen‹ gelesen habe. Jahrelang versuchte ich, der Hauptfigur in ihrem Bestreben nachzueifern, sich nur noch in ihrem Geist aufzuhalten. Murphy studiert nämlich die Kunst des Pulsverlangsamens durch Autosuggestion, mit der man die angenehmen Seiten des Todes schon im Leben genießen kann. Er sitzt dazu mit sieben Schals an einen Schaukelstuhl gefesselt und reist durch die verschiedenen Sphären seines Geistes, die wie Dantes Paradiessphären aufgebaut sind. Der einzige Störenfried dabei ist Celia, die ihn immer wieder loszubinden versucht. Murphys Beziehung zu Celia scheitert an einem Grundwiderspruch, den Beckett so formuliert: »Murphys Geist, Murphys Körper und Celia, einer von den dreien mußte gehen.« Später kommt Murphy ins Irrenhaus, wo er mit einem Autisten Schach spielt. Der Autist setzt aber, statt zu schlagen, seine Steine immer wieder zurück. Von diesem unglaublichen Buch wurden 500 Stück an Gefängnisbibliotheken verschenkt und der Rest zerschreddert.

Nach dem Krieg lebte Beckett lange von den Handarbeiten seiner Frau. Sie brachte auch die Manuskripte zu den Verlagen, weil er es längst aufgegeben hatte. Eines Tages las ein Verleger ein Manuskript von ihm und konnte, weil er es so gut fand, die ganze Nacht nicht einschlafen. Er wollte es unbedingt drucken. Beckett versuchte, ihm das auszureden, da er nicht wollte, daß der Verlag dieses netten Verlegers wegen seiner unverkäuflichen Bücher pleite ginge.

Er hat in seinen Büchern verschiedene, wenig beachtete Systeme entwickelt, die uns das Leben erleichtern könnten. Ein System zum Beispiel, mit dem man mit seiner schwerhörigen und gelähmten Mutter kommunizieren kann. Man stellt ihr Fragen und klopft ihr auf den Kopf; wenn sie bei einmal Klopfen nickt, heißt das ja, zweimal heißt nein. Er hat auch den Lutschstein in die Literatur eingeführt. Eine seiner Figuren hat die Taschen voll davon und läßt die Steine immer von der linken Tasche in den Mund und vom Mund in die rechte Tasche und von der rechten Tasche zurück in die linke Tasche wandern. Ein Stück vollkommener Ordnung inmitten von Chaos und Verfall.

Im Laufe seines Lebens wurden Becketts Mitteilungen an die

Welt immer kürzer. Immer weniger Figuren hatten immer weniger zu sagen. In einem Buch liegt der Held im Bett und stirbt. Um sich dabei nicht so zu langweilen, macht er Notizen mit einem Bleistiftstummel. Zwischen manchen Notizen vergehen ein paar Tage, weil der Stummel unter seinen Rücken gerutscht war und er ihn mühsam hervorfummeln mußte. Das Buch beginnt mit den Worten: »Ich werde endlich doch bald ganz tot sein.« Ein Satz, mit dem jeder Text beginnen könnte.

Die Vaterschaft ist keine natürliche Bindung

Endlich hatte ich wieder ein Mädchen im Bett, aber so hatte ich mir das nicht vorgestellt. Sie sah mich herausfordernd an und nuckelte an meiner Fernbedienung. Sobald ich das Zimmer verließ, brach sie in Tränen aus. Ich konnte mir nicht einmal eine Stulle schmieren. Am Nachmittag hatte Monica mich angerufen: »Kannst du heute abend zwei Stunden auf Conchita aufpassen? Ich muß was erledigen, und mein Mann hat keine Lust.« Ich war noch nie mit einem acht Monate alten Kind allein gewesen und deshalb ein bißchen neugierig. Bis zum Abend bereitete ich alles vor. Ich suchte meine Wollschafsammlung zusammen, bastelte Spielzeug aus alten Saftpackungen und Kronkorken und legte mir Bücher zurecht, die ich in der Zeit lesen wollte. Es wäre bestimmt angenehm zu lesen, während das Kind über meinen Fußboden krabbelte.

Abends kam Monica mit Conchita und einem großen Beutel. Sie erklärte mir, was ich zu tun hatte: »Sie ißt im Moment nicht gern. Du mußt sie ablenken und ihr dann einen Löffel reinschieben. Hier ist das Lätzchen. Und hier sind Taschentücher, sie sabbert immer. Und hier ist ihre Flasche. Und wenn sie groß muß, hier ist eine Windel und Wundsalbe, sie hat gerade einen Hautpilz. Hier sind feuchte Tücher, die sind sehr praktisch. Normalerweise muß sie nicht mehr am Abend. Aber wenn, dann merk dir die Farbe und die Konsistenz.«

»Soll ich auch noch den Geschmack testen?«

»Nein, das mag sie nicht.«

»Und wozu ist das hier?« fragte ich und zeigte auf einen Schneebesen.

»Damit spielt sie gerne.«

Monica hatte keinen Fernseher, wahrscheinlich lag es daran, daß Conchita Phantasie entwickelt hatte und mit allem möglichen spielen konnte. Beim letzten Mal hatte sie mit meinem Bleistiftanspitzer Bonbonlutschen gespielt. Als Monica weg war, gab ich Conchita eine halbe Kinderüberraschungseikapsel. Aber auch die schob sie sich in den Mund wie ein Pessar. Daran kann man doch ersticken, dachte ich mir, und nahm sie ihr wieder weg. Jetzt wollte sie, daß *ich* das Ding in den Mund nahm. Weil ich das vollgesabberte Stück Plaste nicht wollte, fing sie an zu heulen. Klassischer Fehlstart. Insgeheim hatte ich mir vorgenommen, Conchita in den zwei Stunden, wenn nicht sprechen, dann doch zumindest gehen beizubringen. Bisher konnte sie ja nur Sachen rauswühlen und Papiertaschentücher zerreißen, sicher schon mehr als andere Kinder in ihrem Alter, aber zu wenig für unsere Wettbewerbsgesellschaft. Aber anstatt mit mir sprechen zu üben, hangelte sie sich schwer atmend an meinen Möbeln entlang. Genauso, wie sie es in 80 Jahren wieder tun würde. Sie stand ein wenig schwankend am Schrank und grinste, bevor sie hinfiel und heulte. Sie litt offenbar unter extremen Stimmungsschwankungen. Nicht drauf eingehen, dachte ich mir, Kinder brauchen Grenzen. Ich setzte mich an den Laptop und versuchte, mich auf mein Werk zu konzentrieren. Aber das Kind hörte nicht auf zu heulen, es wollte auch am Laptop sitzen. Ich nahm es auf den Schoß. Na gut, dann lernen wir eben erst schreiben und dann sprechen. Aber sie wollte nur auf die Tastatur hauen und den Bildschirm ablecken, vor allem diesen einen blauen Knopf.

So ging das nicht. Es waren gerade zehn Minuten vergangen, und ich wußte schon nicht mehr weiter. Ich beschloß, ihr zu ihrer schönsten Kindheitserinnerung zu verhelfen, und machte den Fernseher an. Währenddessen suchte sie nach Sachen, die sie sich in den Mund stecken konnte. Ja, meine Ohrstöpsel könnten mal wieder saubergelutscht werden, waren schon ganz schwarz. Ich gab ihr eins meiner Wollschafe, aber sie beachtete es gar nicht. Sie versuchte nur, das Auge rauszupulen. Mir fiel ein, daß Conchita gar nicht wußte, was ein Schaf war, und deshalb nicht damit spielen wollte.

Sie hangelte sich wieder am Schrank entlang zum Spiegel. Dort sah sie sich selbst an und murmelte etwas. Endlich jemand, der ihre Sprache sprach. Als sie es nicht schaffte, durch den Spiegel durchzugehen, fing sie wieder an zu heulen.

Inzwischen hatte ich es aufgegeben, ihr irgend etwas beizubringen, ich wäre schon froh gewesen, wenn sie nicht geschrien hätte. Es war noch nicht zu spät, noch konnte sie für immer autistisch und stumm werden. Ich mußte sie nur auf die richtige Art erschrecken. Aber sie war zu dumm, um Angst zu haben. Ich versuchte es statt dessen mit Füttern.

Alles, was ich ihr in den Mund schob, kam aus der Nase wieder heraus. Aber immerhin war für eine Weile Ruhe. Wir sahen zusammen fern, und sie trank gierig aus der Flasche. Ab und zu griff sie mir mit dem Zeigefinger ins Nasenloch. Wie praktisch, so mußte ich nicht mehr selber popeln. Den Brei wollte sie nicht, obwohl er hervorragend schmeckte. Das trockene Brot war ihr lieber. Ich aß den Brei selbst, Monica würde staunen.

Dann schrie Conchita wieder und hörte überhaupt nicht mehr auf, alles Schütteln half nichts. Es roch auch seltsam. Noch eine halbe Stunde, war das durchzuhalten? Anscheinend hatte sie doch einmal eine Ausnahme gemacht. Ich räumte seufzend meine Manuskripte zur Seite und knöpfte die komplizierte Kleidung auf. Ein BH war gar nichts dagegen. Sofort grinste sie mich an, sie wußte Bescheid. Aus ihrer Windel schlug mir ein beißender Geruch entgegen. Merk dir genau, was du hier machst, sagte ich mir, denn es ist das letzte Mal im Leben. Ich tat, was ein Mann tun mußte, und fluchte dabei leise vor mich hin. Aber immerhin war jetzt Ruhe. Noch ein paar gierige Züge aus der Flasche und dann aufs Bett. Fernsehen, eine der größten Erfindungen der Menschheit. Was sollte daran schädlich sein? Es befreite uns von unseren Kindern und regte deren Phantasie an. Kinderprogramme waren absolut überflüssig, Hauptsache bunt. Am besten gingen Talk-Shows. Ich starb inzwischen vor Hunger, und auf meinem Laptop war statt eines neuen Textes ein buntes Krikelkrakel zu sehen, das ich für Conchita gemalt hatte. Über den Fußboden verteilt lagen ein Lätzchen, zwei Plastetassen, ein Schneebesen, eine Tüte mit einer benutzten Windel, ein Dutzend benutzte Taschentücher, ein paar Wollschafe, ein Glas Aletebrei, und fast hätte der Laptop auch dort gelegen, wenn ich ihn nicht im letzten Moment aufgefangen hätte. Einer dieser Politiker hatte für den Fall seiner Wahl zum Bundeskanzler eine alleinstehende Mutter als Familienministerin vorgesehen. Ein unterstützenswerter Ansatz. Hoffentlich wird sie ein Vorbild für alle Frauen.

Saturday Night Fever

Es ist Sonnabendabend, kein Grund, den Kopf hängen zu lassen, aber das geht ohne Grund leider am besten. Eine der letzten inneren Stimmen, die es in mir noch ausgehalten hat, tröstet mich: Mensch, solange man gesund ist, ist doch alles andere zweitrangig. Die hat gut reden. Warum bin ich nur von zu Hause ausgezogen? Meine Mutter hätte uns jetzt Tomatenstüllchen gebracht, und wir hätten alle zusammen ›Wetten, dass…‹ geguckt und mitgefiebert. Vielleicht hätte ich sogar ein Bier trinken dürfen. Ich weiß nicht, wieso ich, seit ich 30 bin, immer denke, ich müßte am Sonnabend in die Disko. Ich könnte ja auch einfach mal wieder Radio hören, wie früher. Ich könnte ja was mitschneiden. Hab schon die ganze Popmusik aus den Neunzigern verpaßt, die muß ich mir jetzt mühsam überspielen. Oder ich gieße meine Pflanzen. Aber ob die davon wieder lebendig werden? Radio hören, Pflanzen gießen, eigentlich erträumt man sich was anderes von einem Sonnabendabend. Ein romantisches Candlelight-Dinner zum Beispiel. Aber mir fällt niemand ein, der so romantisch ist wie ich. Ich kann mich ja auf einen Stuhl setzen und mir Fragen stellen, dann setze ich mich gegenüber und antworte mir. Bestimmt ein interessantes Gespräch. Manche spielen schließlich auch mit sich selbst Schach und werden dafür bewundert. Am meisten die, die Blindenschach mit sich spielen. Da kann ich mir auch einfach vorstellen, mich mit mir zu unterhalten. Nur daß ich eigentlich gar nicht mein Niveau habe, ich bin doch so langweilig. Und dann muß ich mir ja auch noch das Essen vorstellen, weil ich vergessen habe einzukaufen. Obwohl ich seit Tagen immer vor mich hinmurmele: »Einkaufen, einkaufen, einkaufen.« Das mache ich mit allen Sachen, die ich nicht vergessen will, und wenn sie mich beim Bäcker fragen, was ich möchte, antworte ich manchmal: »Müll, Müll, Müll.«

Wenn ich jetzt ins Kino gehe, kann ich auch gleich fernsehen. Und wenn ich jetzt den Fernseher anmache, mache ich ihn, bis ich 80 bin, nicht mehr aus. Und lesen kann ich auch noch, wenn ich nicht mehr laufen kann und meine Enkel mich nicht besuchen kommen.

Ich hab's, ich gehe einfach raus und trinke in einer netten Kneipe ein, zwei Gläser Wein, lese ein gutes Buch und esse eine Portion Tortellini mit Sahnesauce. Vielleicht auch kein gutes Buch, sondern ein spannendes, heute ist schließlich Sonnabend. Mich packt gleich das Reisefieber, als ich meine Sachen zusammensuche. Was brauche ich denn alles? Regenschirm, Geld, Taschentuch, Schlüssel, Notizbuch, Jacke, Mütze, Adreßbuch, Stift, Schuhe, Kaugummis, Telefonkarte, was zu lesen. Ich tue zum Spaß so, als hätte ich es total eilig. Es ist schön, so loshetzen zu müssen. Hoffentlich habe ich nichts vergessen! Endlich mal wieder raus, flüchtige Bekanntschaften machen, in einer Bar für Durchreisende. Man kann sich ja vorstellen, man macht hier nur Urlaub, alles ist total neu und beunruhigend. Mal gucken, was sie hier für Restaurants haben. Das »Frida Kahlo« fällt natürlich schon wegen dem Namen weg. Gegenüber ist so ein neues Cocktailrestaurant. Aber da würden sie mich mit meinem finsteren Blick nicht reinlassen. Das war schon am Tag, als es aufgemacht hat, voll. Diese ganzen Designer, Gestalter und Ausstatter haben schon Wochen vorher an der Ecke gestanden und sich in die Hände geblasen, weil sie kein Restaurant für sich hatten. Ein paar Meter weiter standen die Schluckis und haben das gleiche gemacht. Aber denen baut niemand ein Restaurant, obwohl sie viel mehr konsumieren würden. Gegenüber im »Houdini« ist alles voll mit schwatzenden Menschen. Soll ich mich irgendwo mit ransetzen, wo noch ein Stuhl frei ist? Hallo, ist hier noch frei? Ich will nur ein spannendes Buch lesen und störe gar nicht. Ich bin eigentlich Misanthrop, aber irgendwie auch nicht konsequent. Doch das traue ich mich erst mal nicht, muß ja auch nicht sein, es gibt ja genug Kneipen im Prenzlauer Berg. Also weiter, das »Keglerheim« hat wieder aufgemacht, das sieht doch gut aus. Aber hier scheinen sich auch alle zu kennen, vor der Tür diskutieren sie über alte DDR-Motorrad-Zündkerzen. Die sehen einen immer mit diesem Blick an, als wüßten sie schon, daß sie einen beim Kickern mit einer Hand besiegen. Ich will jetzt keine Selbstbehauptungsversuche, nur ganz entspannt ein schlechtes Buch lesen. Ein Stück weiter kommt eine

Kneipe, in der sie in Hollywoodschaukeln liegen und kiffen, da kann ich nicht lesen, nachher werde ich noch drogenabhängig. Und am »Haleema Kaluuma« hängt ein Zettel »Geburtstagsparty«. Drinnen bilden ein paar blonde Frauen einen Kreis und tanzen zu türkischer Musik. Das heißt, sie heben die Arme über den Kopf und klatschen in die Hände. Da fällt mir wieder schmerzlich ein, daß ich demnächst auch Geburtstag habe. Soll ich da eine Party mit Square-Dance geben? Aber ich traue mich ja nicht mal, mich selbst zum Tanzen aufzufordern, weil ich immer so wählerisch bin. Weiter, es gibt noch andere Kneipen hier, ich bin ja ganz anspruchslos, nur ein stilles Plätzchen mit Candlelight. Gegenüber kommt die »Bodegita del Medio«. Da sitzen alle Rechtsanwälte, die sich schon mal auf Safari nach Cuba getraut haben. Die stehen total auf Südamerika und revolutionären Charme. Ich könnte ja reingehen und sagen: »*Viva la revolución! Abajo los capitalistas! Yo soy un hombre sincero!*« Aber nein, keine Konfrontation, sollen sie nur machen, kann ja nicht jeder Schriftsteller werden. Also weiter, mal zur Kulturbrauerei gucken, vielleicht draußen eine Bratwurst kaufen, mein Buch kann ich ja dann auf dem Heimweg lesen. Auf dem Hof der Kulturbrauerei schlängele ich mich an kotzenden Gymnasiasten vorbei. Sie schreien sich an: »Fotze!« – »Sack!«, bevor sie sich küssen. Die Mädchen sehen wirklich hübsch aus. Aber bis sie merken werden, daß ein Candlelight-Dinner mit mir viel romantischer ist, sind sie auch alt und häßlich. Ich lege meine undurchdringliche »The more you know«-Miene auf, aber ich kann froh sein, wenn sie mich überhaupt durchlassen. Ich muß ihnen sogar in den Rücken pieken, damit sie eine Gasse bilden. Schnell weiter, ich kann ja so tun, als ob ich nur zum Kino will, da kann man auch allein hingehen, man demonstriert damit sogar seinen exklusiven Filmgeschmack. Hat sich einfach keiner gefunden, der mit mir den neuen Dokumentarfilm über die Shoa sehen wollte. Nur weil er acht Stunden dauert. Okay, jetzt guckt keiner mehr, ich gehe einfach durchs Kinofoyer durch und hinten wieder raus, ganz souverän.

So, und jetzt? Denselben Weg wieder zurück? Kann mir ja keiner verbieten, einfach einen Spaziergang durchs Viertel zu machen am Sonnabendabend. Ich hab sowieso keine Zeit und wollte nur schnell einen Schawarma essen. Von weitem sieht es aus, als würde der Kampir-Impiß Vampir-Imbiß heißen. Ich finde das schön, daß ich der einzige im Laden bin. Ich lese auch gerne den Spandauer Lokalteil des Tagesspiegel, wenn nichts anderes da ist. Den Stern vom August hab ich auch verpaßt damals. Ich bin nicht einsam, ich führe die interessantesten Gespräche mit mir selbst. Da kommt ihr auch noch mal dahinter. Außerdem gibt es ja das Internet, da muß sich niemand langweilen am Sonnabendabend. Ich kann ja mal gucken, was heute im Fernsehen kam. Aha, hab ich gar nichts verpaßt, war doch gut, mal wegzugehen. Mach ich jetzt vielleicht öfter, wenn ich mal wieder Zeit habe. Morgen zum Beispiel. Ich muß direkt aufpassen, daß ich nicht versumpfe, bei der Kneipendichte im Bezirk.

Münchning wird modern

Am Flughafen. Es gibt Zeitungen umsonst. Als Ossi nehme ich natürlich alle. Erstaunlich, in jeder steht, was der Fußballspieler Jens Jeremies gesagt hat, trotzdem liest man es immer wieder gern. Man vergißt es ja auch jedesmal sofort wieder.

So ein Flug belehrt einen, daß man reich sein muß, um die Gesellschaft heute noch kritisieren zu können. Andernfalls kommt man mit den Menschen, die sie lenken, ja gar nicht in Berührung. Und das, obwohl sie sicher kritikwürdig sind. Da ich als einziger keinen Anzug trage, halten sie mich für den mißratenen Sohn des Piloten. Ein ganzes Flugzeug voller Männer. In welchen Krieg ziehen diese Soldaten? Nur einer hat kecke Löckchen, das ist sicher der Ausgeflippte oder der Kulturminister. Weiter vorne sitzt der Abwehrchef der deutschen Nationalmannschaft. Der fliegt bestimmt zu Doktor Müller-Wohlfahrt, um über sein Knie zu reden. Müller-Wohlfahrt, Pumuckl, Weißwurst, München.

Ein Nachrichtenmagazin informiert über sexuelle Perversionen. Die sogenannten »Babys« lieben es, in Windeln herumzutollen. Ihr Fachblatt verkauft pro Nummer 4000 Stück. Besonders viele neue Leser habe die Wiedervereinigung gebracht. In der Zeitschrift stehen ›Geschichten aus der Welt überdimensionaler Laufställe‹. Die meisten Babys leben allein, denn »durch 'ne Gummihose kannste nicht bumsen«. Und außerdem: »Ein ›Baby‹ hat keinen Sex, sagt Fred, es scheißt in seine Windeln, und das war's. Welche Frau läßt sich das auf Dauer schon gefallen?«

Wie ein Gott schwebt man auf Laufbändern durch den Münchner Flughafen. Bis jetzt widersteht man aber noch, auf ein »Grüß Gott« auch so zu antworten. Die U-Bahn wirkt mit ihrer braunen gemaserten Sprelakart-Verkleidung angenehm altmodisch. Genau wie die Namen der Stationen: Daglfing, Englschalking, Höllriegelskreuth. Wie wäre es, in so einem Ort zu leben und die ›Höllriegelskreuther Elegien‹ zu schreiben?

Im Hotel läßt der Portier mich gar nicht weg. Von welchem Verlag sind sie? Aha. In welcher Funktion? Autor? Auf welchem Gebiet? Belletristik? Ach, tatsächlich? Ich bin nämlich auch Autor. Wie schön, denke ich, ein Kollege. Dann grüßen Sie mal ihre Lektorin, sagt er, die hat schon drei Manuskripte von mir abgelehnt. Natürlich, mach ich doch gern. Wenn Sie mir sagen, wo der Fahrstuhl ist?

Ein Dichter als Pförtner? Entweder ist diese Stadt so klein oder das Talent sehr breit gestreut.

Als ich auf der Suche nach dem Fahrstuhl in der Sauna lande, deren Wand ein Foto von nackten Männerhintern schmückt, stutze ich und erinnere mich an den Aufkleber am Eingang: »Empfohlen vom Spartakus-Führer Europa.« Spartakus? War das nicht so ein italienischer Transvestit? Beim Frühstück bleiben keine Zweifel. An allen Tischen sitzen Männer und schmieren sich gegenseitig Marmelade aufs Brötchen. Sie können nicht verstehen, wieso ein so hübscher Junge wie ich allein reisen muß. Ich auch nicht, aber sie sind ja alle schon vergeben. Vielleicht kann ich trotzdem in Ruhe frühstücken und dann schnell verschwinden. Ich rülpse ein paarmal laut und deutlich und spucke in den Tischmülleimer. Aber es hilft nichts, denn plötzlich kommt der junge Kellner an meinen Tisch und sagt lächelnd: »Die Eier sind hart.«

Wieder am Fahrstuhl nähert sich mir die Putzfrau: »Ist tot!«

»Wie?« frage ich, »wieso tot?«

»Grüß Gott«, wiederholt sie, diesmal etwas deutlicher. Dieser Gruß will mir einfach nicht über die Lippen kommen. Aber da ich ja jetzt als schwul gelte, muß ich mich mit ihr im Fahrstuhl auch nicht unterhalten, ich kann sogar so tun, als sei mir die erzwungene Nähe zu ihr unangenehm. Ich kann ja nichts dafür, wenn Mutter Natur ihren Schabernack mit mir treibt. Als sie aussteigt, sagt sie beleidigt: »Einen schönen Tag wünsch ich Ihnen noch.« Da haben wir es wieder. Unser Kampf dauert noch an.

In Hotels weiß man nie, wie sie herausbekommen, ob man etwas aus der Minibar genommen hat. Vielleicht steht der Kühlschrank auf einer Waage, die mit der Rezeption verbunden ist, oder sie haben Kameras installiert. Mir kommt plötzlich die Idee, den Wodka aufzumachen und mit Wasser aufzufüllen, das muß doch eine todsichere Sache sein. Warum ist noch niemand darauf gekommen?

Ich öffne die Flasche, nehme einen Schluck und zucke zusammen, in der Flasche ist Wasser.

Ich gehe raus und suche in München nach einem Imbiß. Alle anderen Münchner hatten die gleiche Idee, und wir treffen uns auf dem Viktualienmarkt, den sie hier Ficktualienmarkt nennen. Die Hälfte der Münchner spricht italienisch. Von den anderen denkt man manchmal zu unrecht, daß sie englisch sprechen. An einem Stehimbiß entscheide ich mich für Kartoffelbrei. Ich sage: »Von den kleinen Würstchen, bitte, wie viele nimmt man denn da?«

»Des ßind Nirnbrgr *Rst*brtwrstl ...«, ranzt der Mann neben mir mich an. Na warte, wenn du nach Berlin kommst, denke ich.

»Und ein kleines Bier bitte.«

»Halber Liter?«

»Nein, noch kleiner.«

»Wir haben nur halbe Liter.« Ja natürlich, ihr seid ja alles kernige Mannsbilder.

Im allgemeinen regiert Höflichkeit. Es gibt sogar Buchhandlungen, über deren Ausgang steht: »Würden sie bitte an einer der Kassen bezahlen.« Das ist in den fünf Höfen, einer nagelneuen, exklusiven Shoppingmall, nicht nötig. Die Geschäfte sind so exklusiv, daß man sicher nie den Überblick über die Kunden verliert. Seltsamerweise fangen fast alle Läden mit »S« an: Spectacles!, Strenesse, Sévigné, Salvator-Passagen, Schreibmayr, Schönherr-Lederwaren. Ein Pelzcowboyhut dort kostet 3200 DM, der Nerz-BH ist schon für 500 DM zu haben, was der puschelige Schlüsselanhänger kostet, traut man sich kaum zu fragen. Das Geld sitzt hier so locker und die Menschen sind so prächtig gekleidet, daß man reich werden kann allein von dem, was einem irrtümlich zugesteckt wird, wenn einem, wie mir, zwei Jackenknöpfe fehlen.

Im weißen Brauhaus sitzen wieder vorwiegend Herren, diesmal mit Tränensäcken und tiefen, vom Kamm ins graue Haar gezeichneten Rillen. Mit bedächtigen Bewegungen schlitzen sie ihre Weißwürste auf. Ob der Mund kaut oder redet, ist auf die Entfernung nicht zu erkennen, so langsam geht das. Aber immerhin sind sie echt, weder Touristen noch als Touristenattraktion ausstaffiert. Hier geht es ihnen gut, aber an jedem anderen Ort der Welt seufzen sie: »Es is a Kreiz«, wie Thomas Manns Herr Permaneder es bei jeder

Gelegenheit tat. Ich muß an den alten Mann denken, den ich auf Bayern 3 gesehen habe. Er verbrachte Wochen damit, auf einem Melkschemel sitzend mit Hämmerchen einen großen Schleifstein aus dem Felsen zu hauen. Er war der einzige, der das noch konnte, die anderen nahmen Eisenfräsen dazu. Als die Kellnerin mich aufstört, bin ich so überrascht, daß ich die gerösteten Klöße doch wieder gebratene Knödel nenne.

Ein Stück weiter in der Maximilianstraße treffe ich im Café Roma die Herren aus meinem Flugzeug wieder. Sie erholen sich von ihren Geschäften und lesen ohne falsche Scham die »Immobilien-Zeitung«. Ob die auch einen Sportteil hat? Andere beraten über vertrauliche Konzeptpapiere, es scheint um den Grappa-Import zu gehen, vielleicht auch Nudeln. Überall Herren in dieser Stadt, sogar die Männer auf den Verkehrsschildern tragen noch altmodische Hüte.

Wieder am Flughafen. Herr Müller-Wohlfahrt wird zu seinem Flug nach Barcelona gerufen. Entweder ist diese Stadt so klein, oder ihre Prominenten sind überall zu finden. Im Flugzeug sitzt neben mir schon wieder ein Autor. Er ist einer der letzten Schriftsteller, die noch in München leben und nicht in Berlin, und guckt deswegen ganz schuldbewußt. Den ganzen Flug über erklärt er mir, daß »unsere Literatur sich durchgesetzt hat, aber die Theorie hinterherhinkt«.

»Der Kampf ist noch nicht zu Ende.«

»Ich weiß«, sage ich, »im Hotel hat mich eine Putzfrau diskriminiert.«

Endlich wieder im urigen Berlin steigen vier junge Jurastudenten in die U-Bahn. Auch sie tragen Anzüge. »Wenn Willensfreiheit wegfällt, kannst du das ganze Strafrecht wegschmeißen.«

»Was? Willensfreiheit fällt weg?«

»Stand am Freitag in der ›FAZ‹, ich hab den Artikel noch.«

Einer holt einen Geldschein aus dem Portemonnaie, ein anderer ruft begeistert aus: »Oh, das ist die neue 20-Pfund-Note, die kenn ich noch gar nicht.« Und wieder wundert man sich, wie viele unwichtige Dinge man nicht weiß.

Bleistifte

Nie habe ich Bleistifte. Erst bilden sich kleine Häufchen davon, überall in der Wohnung, wo einem etwas einfallen könnte, dann werden es immer weniger, weil sie nach und nach in angefangenen Büchern verschwinden. Ungefähr auf Seite 20. Sie bleiben dann für immer dort, weil ich kein Buch zu Ende lese. Ich mache nie etwas zu Ende. Schon meinen letzten Karl-May-Band habe ich zehn Seiten vor dem Schluß abgebrochen, eine Niederlage, die noch immer an mir nagt. Meine Gitarre habe ich zu stimmen gelernt, nicht zu spielen. Meine Fenster habe ich nur im Zimmer geputzt, nicht in der Küche. Und auch das ist schon zwei Jahre her. Oder waren es drei? Ich war schon fast Professor, als ich die Lust, darauf verlor, klug zu sein. Eigentlich verlor ich gar nicht die Lust, es hatte wahrscheinlich andere Gründe. Ich habe aber keine Lust darüber nachzudenken. Wenn ich koche, esse ich direkt aus den Töpfen. Wozu Teller raussuchen? Manchmal schütte ich das Essen auch gleich weg. Es kommt mir plötzlich so lächerlich vor, es durch eine Öffnung in mich hineinzuschieben.

Es wäre weniger schlimm, wenn ich nicht so viele Ideen hätte. Für die tut es mir wirklich leid, es ist ein Jammer, daß sie ausgerechnet mir kommen. Ein anderer könnte mehr damit anfangen.

Neulich habe ich mir im Papiergeschäft Bleistifte gekauft. Aber zu Hause habe ich festgestellt, daß sie nicht angespitzt waren. Jetzt liegen sie unausgepackt in der Schreibtischschublade und warten auf meine Nachkommen. Eigentlich ist das Betrug.

Weil ich nie etwas zum Schreiben finde, sehe ich Sportsendungen. Wenn man bedenkt, wie lange die Sportler daran arbeiten müssen, einmal so gut zu werden. Ich verstehe nicht, woher sie die Energie nehmen. Ich habe mich nur einmal im Leben so angestrengt, als ich am Strand eine Kleckerburg gebaut habe. Aber das ist lange her.

Meinen nächsten Selbstmordversuch muß ich auch besser planen. Die Schlaftabletten haben überhaupt nichts gebracht. Ich war auch nicht müder als sonst. Vielleicht versuche ich es doch einmal mit einem Strick. Aber dazu müßte ich einen Haken in die Decke schrauben. Ich weiß nicht, wann ich das schaffen soll, da könnte ich ja auch gleich die Wohnung renovieren.

Das einzige, was ich immer abschließe, sind meine Liebesbeziehungen. Aber ich würde mich nicht dafür rühmen, es ist eigentlich nicht mein Verdienst. Es geht ganz von selbst, wenn man erst mal weiß wie.

Ich hoffe, ich sterbe irgendwann von allein, wenn nicht, wird es wohl nie dazu kommen. Ich kann einfach nichts zu Ende bringen. Nicht mal diese Geschichte hier habe ich …

Zugabe

Endlich zu Hause

Wenn ich nach Hause komme, freue ich mich immer schon von weitem, daß ich nach Hause komme. Aber dann begegnet mir vor der Haustür der bärtige Mann aus dem Vorderhaus, den ich seit zehn Jahren grüße, obwohl er nie zurückgrüßt. Dabei besteht laut Hausordnung im Umkreis von 100 Metern Grußpflicht. Er weicht meinem Blick aber auch innerhalb dieser Zone aus. Ich habe schon darüber nachgedacht, ihn vielleicht eines Tages einfach auch nicht mehr zu grüßen, damit er sieht, was er davon hat, aber mir fehlt ein bißchen der Mut für solche Dinge.

Mein Schlüssel paßt jedesmal wie angegossen, die Tür öffnet sich, und ich ziehe sie hinter mir zu, damit kein Gesindel von der Straße hinterherhuscht. Dann kommt der häßliche Innenhof. Seit hier mal einer seinen Motor gewaschen hat, ist er noch häßlicher, eine braune Öllache fließt in den Gully, so langsam, daß sie seit acht Jahren noch keinen Schritt weitergekommen ist.

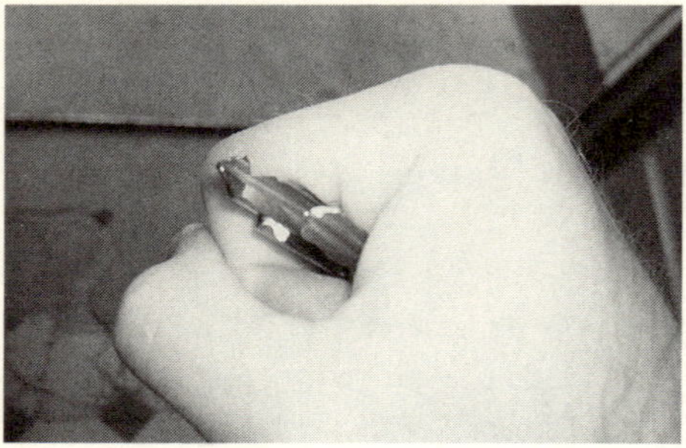

Der Hof ist wie alles Häßliche auch gefährlich. Deshalb balle ich nachts immer eine Faust um mein Schlüsselbund, um mich notfalls verteidigen zu können. Ich gehe auch nie den gleichen Weg über den Hof, damit sich meine Gegner nicht darauf einstellen können.

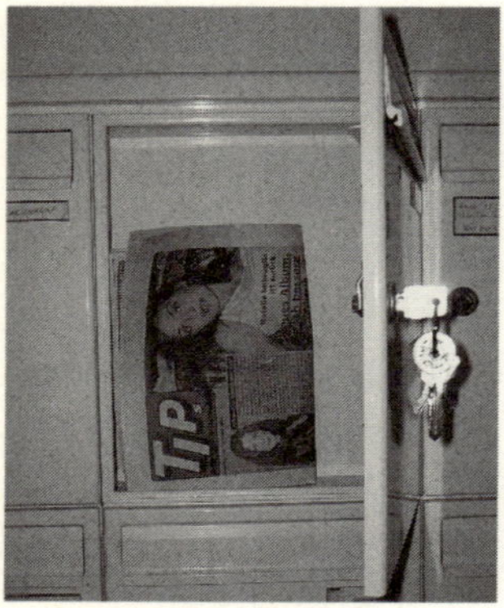

Dann öffne ich meinen Briefkasten, damit alle denken, daß ich seit morgens nicht hier war. In Wirklichkeit gehe ich den ganzen Tag lang hoch und runter, weil ich es, wie jeder vernünftige Mensch, weder oben noch unten lange aushalte. Die vielen Treppen machen mir nichts aus, sie sind sogar wahrscheinlich gesund.

Wie immer steht im ersten Stock ein Flurfenster offen, durch das ich im Vorübergehen rausspucke.

Ich habe das Fenster noch nie verfehlt, es könnte für meinen Geschmack sogar noch etwas kleiner sein.

Im zweiten Stock hat einer einen Notizblock an seine Tür gehängt und einen Bleistift danebengenagelt. Seit ein paar Jahren steht da: »Hallo Uli, bin nebenan beim Bäcker.«

Im dritten Stock wohnen verschiedene Menschen, denen allen gemein ist, daß sie nicht im zweiten oder vierten Stock wohnen. Im vierten Stock befindet sich linkerhand meine Wohnung. Aber Vorsicht auf dem Weg dorthin, die eine Stufe ist zu kurz, und man fällt immer mal hin, wenn man es kurzzeitig vergessen hat.

Meine Wohnungstür ist, seit sie weiß gestrichen wurde, weiß.

Der Schlüssel schmiegt sich geschmeidig in die wie für ihn geschaffene Form des Schlosses, und die Tür öffnet sich wie von Zauberhand. Sofort sucht meine Hand nach dem Lichtschalter. Jetzt kommt die Gewissensfrage: Jacke aus, Schlüssel ins Schälchen, Portemonnaie aus der Tasche, Schuhe ausziehen, Hausschuhe anziehen, Fahrrad reinschieben, aufs Klo gehen, Hände waschen. Oder Fahrrad reinschieben, Schuhe ausziehen, Schlüssel ins Schälchen, Portemonnaie aus der Tasche, Jacke aus, Hände waschen, aufs Klo gehen? Oder etwa doch aufs Klo gehen, Fahrrad reinschieben, Schuhe aus, Hausschuhe an, Schlüssel ins Schälchen, Jacke aus, Hände waschen? Am liebsten möchte man alles gleichzeitig tun, aber das geht nun mal nicht, wenn einem keiner hilft. Man könnte höchstens auf dem Klo schon die Jacke ausziehen, aber mit den Schuhen würde das nicht gehen, jedenfalls nicht, wenn man klein muß. Wenn man groß muß, kann man natürlich dabei schon mal die Schnürsenkel öffnen, aber man kann nicht gleichzeitig das Fahrrad reinschieben.

Das Fahrrad ist dann oft das Stiefkind des Nachhausekommens und bleibt die Nacht über auf dem Flur stehen. Die Nachbarn müssen drunter durch in ihre Wohnung kriechen. Dabei könnten sie es selbst in meine Wohnung schieben, der Schlüssel steckt ja noch im Schloß, weil ich so sehr aufs Klo mußte, daß ich ihn vergessen habe. Aber darauf kommen die Nachbarn nicht, sie sind nach anderen Kriterien ausgesucht worden als nach Intelligenz.

Wenn ich endlich alles mich äußerlich Beengende und Belastende los bin und mich kein Portemonnaie mehr drückt und keine Jacke mehr fesselt, und wenn die Füße frei atmen können in den luftdurchlässigen Hausschuhen, dann ist die Zeit gekommen, die Tür zum Wohnzimmer zu öffnen, das mir auch Schlaf-, Eß- und Arbeitszimmer ist. Es ist sozusagen ein Allzweckzimmer, man könnte, wenn man wollte, darin auch Fußnägel schneiden, Briefmarken sammeln, Kopfstand machen. Das mache ich aber nicht, weil ich mich inzwischen in meinem Leben auf Schlafen, Essen und Arbeiten konzentriere, die anderen Interessen kommen da oft zu kurz.

Die Türklinke vom Zimmer würde abfallen, wenn ich sie nicht, in dem Wissen, daß sie abfallen würde, festhielte.

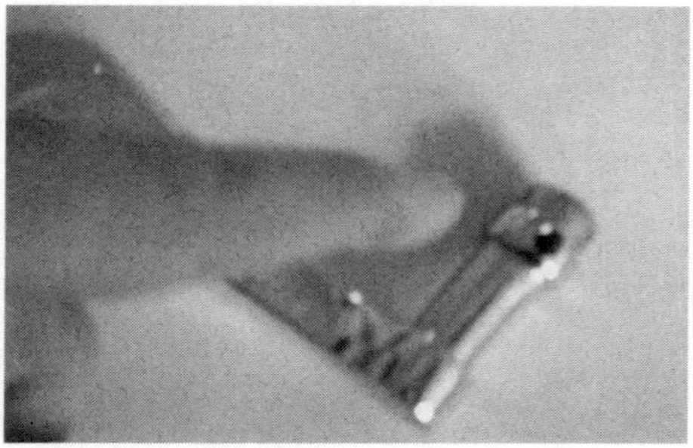

Sie ist durch eine kleine Muffe am Strebekantbolzen befestigt, die leider bei der Renovierung nicht mitgeliefert worden ist. Ich lehne es ab, mir auf eigene Kosten eine zu besorgen.

Wenn man die Klinke vorsichtig drückt, kann nichts passieren, aber wer macht das schon? Man darf die Tür auch nicht zu stark aufreißen, weil gleich dahinter der eine Schrank steht und schon der Lack abgegangen ist von der Tür an der einen Stelle, an die sie an den einen Schrank dann ranstößt.

Aber das beherrsche ich inzwischen alles im Schlaf, darüber muß ich gar nicht mehr nachdenken. Meine Füße haben praktisch schon Augen entwickelt, um gegen keine der vielen bereitstehenden Kanten zu stoßen,

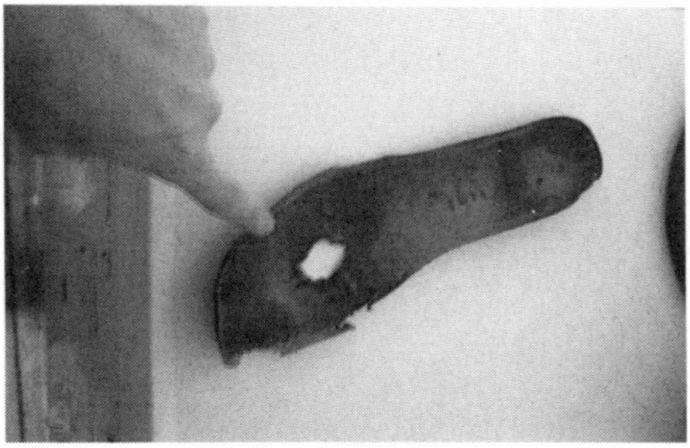

und meine Hände haben lange Fühler, die sie vor Berührungen mit ekligen Dingen schützen.

Wenn ich mein Wohnzimmer betreten habe, bin ich im Prinzip zu Hause und könnte mich zufriedengeben. Ich rücke dann reflexartig den Teppich gerade, der sich beim Losgehen immer verrückt, und mache mich auf den Weg in die Küche.

Die Küche hat keine Tür eingebaut bekommen vom kapitalistischen Hausbesitzer, aber ich tue trotzdem so, als würde ich sie öffnen, nur aus Protest, damit er mal sieht.

Ich trinke ein Glas Wasser und überlege dabei, ob ich lieber ein sauberes Glas hätte nehmen sollen. Dann gehe ich erfrischt zurück ins Arbeitszimmer. Manchmal stehe ich eine Weile unschlüssig herum, bevor ich mich in meinen Arbeitsstuhl setze, der auf dem Läufer steht, der auch immer verrutscht, vor allem beim Arbeiten. Man muß den Stuhl heben, nicht schieben, sage ich mir immer wieder, aber ich habe mir das schon so oft gesagt, ich höre gar nicht mehr richtig hin.

Wenn mir meine innere Stechuhr sagt, daß ich fertig gearbeitet habe,

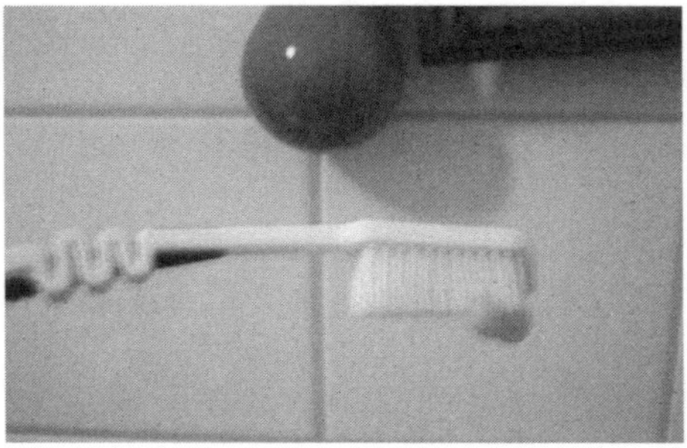

gehe ich ins Bad, wo immer eine Zahnbürste für mich bereitsteht. Meistens fällt mir die Zahnpasta auf dem Weg zum Mund runter, aber ich bin dann zu faul, noch einmal die Tube zu öffnen. Man braucht auch keine Zahnpasta, sagen viele Zahnärzte. Ich putze, bis die Schaumtröpfchen, die aus dem Mund quellen, leicht rosa sind und spüle gründlich aus. Danach gehe ich ins Zimmer und lege mich in mein Bett, das mir auch Liege, Couch und Anrichte ist.

Ich beobachte die vielen blinkenden Lichter in der Wohnung, Telefon, Videorecorder, Internetkästchen, Fernsehknopf, wie kleine Glühwürmchen umschwärmen sie mich, und ich fühle mich nicht so allein im Dunkeln.

Am nächsten Tag passiert dann meistens genau das gleiche, weswegen ich es auch nicht noch einmal erzählen muß. Außer vielleicht am Sonntag, da bleibe ich zu Hause.